와우!

追韓劇、綜藝必備
一起跟著主角這樣說！

# 原來這句韓語這樣說！

隨身攜帶版

附音檔QRcode

王韻亭／著

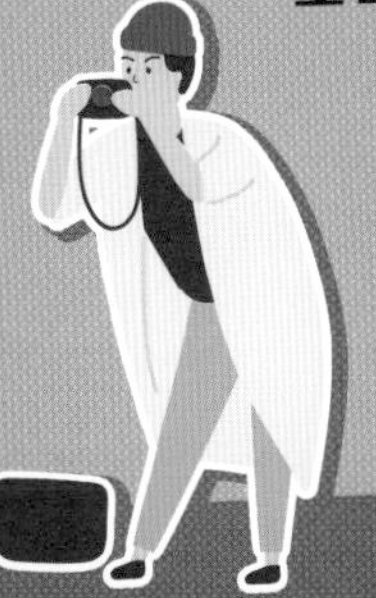

笛藤出版

# 콘텐츠
# 目次

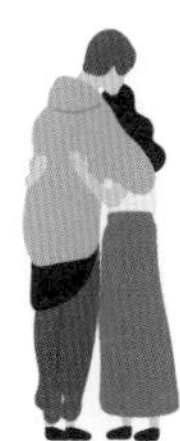

可輸入https://reurl.cc/7X5eWd
或掃描右方QRcode
進入雲端點選音檔配合練習。

| 母音 / 子音 | | ㅏ | ㅑ | ㅓ | ㅕ | ㅗ | ㅛ | ㅜ | ㅠ | ㅡ | ㅣ |
|---|---|---|---|---|---|---|---|---|---|---|---|
| | | a | ya | eo | yeo | o | yo | u | yu | eu | i |
| ㄱ | k / g | 가 ga | 갸 gya | 거 geo | 겨 gyeo | 고 go | 교 gyo | 구 gu | 규 gyu | 그 geu | 기 gi |
| ㄴ | n | 나 na | 냐 nya | 너 neo | 녀 nyeo | 노 no | 뇨 nyo | 누 nu | 뉴 nyu | 느 neu | 니 ni |
| ㄷ | t / d | 다 da | 댜 dya | 더 deo | 뎌 dyeo | 도 do | 됴 dyo | 두 du | 듀 dyu | 드 deu | 디 di |
| ㄹ | l | 라 ra | 랴 rya | 러 reo | 려 ryeo | 로 ro | 료 ryo | 루 ru | 류 ryu | 르 reu | 리 ri |
| ㅁ | m | 마 ma | 먀 mya | 머 meo | 며 myeo | 모 mo | 묘 myo | 무 mu | 뮤 myu | 므 meu | 미 mi |
| ㅂ | p / b | 바 ba | 뱌 bya | 버 beo | 벼 byeo | 보 bo | 뵤 byo | 부 bu | 뷰 byu | 브 beu | 비 bi |
| ㅅ | s | 사 sa | 샤 sya | 서 seo | 셔 syeo | 소 so | 쇼 syo | 수 su | 슈 syu | 스 seu | 시 si |
| ㅇ | o | 아 a | 야 ya | 어 eo | 여 yeo | 오 o | 요 yo | 우 u | 유 yu | 으 eu | 이 i |
| ㅈ | c / j | 자 ja | 쟈 jya | 저 jeo | 져 jyeo | 조 jo | 죠 jyo | 주 ju | 쥬 jyu | 즈 jeu | 지 ji |
| ㅊ | ch | 차 cha | 챠 chya | 처 cheo | 쳐 chyeo | 초 cho | 쵸 chyo | 추 chu | 츄 chyu | 츠 cheu | 치 chi |
| ㅋ | k | 카 ka | 캬 kya | 커 keo | 켜 kyeo | 코 ko | 쿄 kyo | 쿠 ku | 큐 kyu | 크 keu | 키 ki |
| ㅌ | t | 타 ta | 탸 tya | 터 teo | 텨 tyeo | 토 to | 툐 tyo | 투 tu | 튜 tyu | 트 teu | 티 ti |
| ㅍ | p | 파 pa | 퍄 pya | 퍼 peo | 펴 pyeo | 포 po | 표 pyo | 푸 pu | 퓨 pyu | 프 peu | 피 pi |
| ㅎ | h | 하 ha | 햐 hya | 허 heo | 혀 hyeo | 호 ho | 효 hyo | 후 hu | 휴 hyu | 흐 heu | 히 hi |

| 母音<br>子音 | | ㅏ | ㅑ | ㅓ | ㅕ | ㅗ | ㅛ | ㅜ | ㅠ | ㅡ | ㅣ |
|---|---|---|---|---|---|---|---|---|---|---|---|
| | | a | ya | eo | yeo | o | yo | u | yu | eu | i |
| ㄲ | kk | 까<br>kka | 꺄<br>kkya | 꺼<br>kkeo | 껴<br>kkyeo | 꼬<br>kkeo | 꾜<br>kkyo | 꾸<br>kku | 뀨<br>kkyu | 끄<br>kkeo | 끼<br>kki |
| ㄸ | tt | 따<br>tta | 땨<br>ttya | 떠<br>tteo | 뗘<br>ttyeo | 또<br>tto | 뚀<br>ttyo | 뚜<br>ttu | 뜌<br>ttyu | 뜨<br>tteo | 띠<br>tti |
| ㅃ | pp | 빠<br>ppa | 뺘<br>ppya | 뻐<br>ppeo | 뼈<br>ppye | 뽀<br>ppo | 뾰<br>ppyo | 뿌<br>ppu | 쀼<br>ppyu | 쁘<br>ppeu | 삐<br>ppi |
| ㅆ | ss | 싸<br>ssa | 쌰<br>ssya | 써<br>sseo | 쎠<br>ssyeo | 쏘<br>sso | 쑈<br>ssyo | 쑤<br>ssu | 쓔<br>ssyu | 쓰<br>sseu | 씨<br>ssi |
| ㅉ | jj | 짜<br>jja | 쨔<br>jjya | 쩌<br>jjeo | 쪄<br>jjyeo | 쪼<br>jjo | 쬬<br>jjyo | 쭈<br>jju | 쮸<br>jjyu | 쯔<br>jjeu | 찌<br>jji |

| 雙母音<br>子音 | ㅐ | ㅒ | ㅔ | ㅖ | ㅘ | ㅙ | ㅚ | ㅝ | ㅞ | ㅟ | ㅢ |
|---|---|---|---|---|---|---|---|---|---|---|---|
| | ae | yae | e | ye | wa | wae | oe | wo | we | wi | ui |
| ㅇ | 애<br>ae | 얘<br>yae | 에<br>e | 예<br>ye | 와<br>wa | 왜<br>wae | 외<br>oe | 워<br>wo | 웨<br>we | 위<br>wi | 의<br>ui |

| 分類 | 收尾子音 | | | | | | | 發音 | |
|---|---|---|---|---|---|---|---|---|---|
| 1 | ㄱ | ㅋ | ㄲ | ㄳ | ㄺ | | | ㄱ | k |
| 2 | ㄴ | ㄵ | ㄶ | | | | | ㄴ | n |
| 3 | ㄷ | ㅅ | ㅈ | ㅊ | ㅌ | ㅎ | ㅆ | ㄷ | t |
| 4 | ㄹ | ㄼ | ㄽ | ㄾ | ㅀ | | | ㄹ | l |
| 5 | ㅁ | ㄻ | | | | | | ㅁ | m |
| 6 | ㅂ | ㅍ | ㅄ | ㄿ | | | | ㅂ | p |
| 7 | ㅇ | | | | | | | ㅇ | ng |

※ㄼ亦發ㅂ(P)音。

# 使用方法

▶ 書眉

讓您更快速的搜尋到想學的聊天關鍵字。

▶ 章節主題

搭配 MP3 及羅馬拼音，初學者也能輕鬆學習！

▶ 光碟音軌

搭配各章節 MP3，讓學習功效更加倍。

外形篇

## 1 髮型

001

### 염색했어요？

yeom.saek.haess.eo.yo

你染頭髮了嗎？

解說 염색：染色；染髮。

補充 탈색：漂色。

▶ 解說及補充

句子中出現的單字解說，以及其他相關單字補充。

### 파마했는데 티가 안 나요.

pa.ma.haess.neun.de.ti.ga.an.na.yo

我燙了頭髮，但看不出來。

解說 파마하다：燙髮。

가 看不出來（티가 안 나요.）

這句話是「看不出來、不明顯」的意思；相反地，「티나요.」則是「很明顯、看得出來」的意思。這個用法除了針對外表之外，也可以用在想法或情感上。例如：「좋아하는거 다 티나는데 왜 고백 안해？(都看得出你喜歡他，為什麼不告白？)」

▶ 專欄

針對一些韓國人有趣的生活習慣加以補充，學單字也學習韓國文化。

20

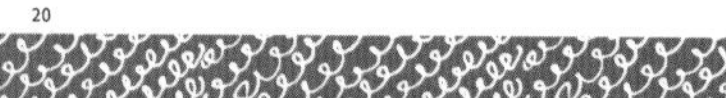

# 韓文常用的副詞

| 바로<br>pa.ro<br>**正是** | 그건 바로 너 때문이야 .<br>keu.geon.pa.lo.neo.ttae.mu.ni.ya .<br>那正是因為你。 |
|---|---|
| 가장<br>ka.jang<br>**最～** | 가장 일찍 온 사람이 누구예요 ?<br>ka.jang.il.jjik.on.sa.la.mi.nu.gu.ye.yo<br>最早來的人是誰？ |
| 아주<br>a.ju<br>**很～** | 아주 예뻐요 .<br>a.ju.ye.ppeo.yo<br>很漂亮。 |
| 좀<br>jom<br>**稍微** | 좀 기다려 주세요 .<br>jom.ki.da.lyeo.ju.se.yo<br>稍等一下。 |

**정말**
ceong.mal
**真的**

정말 **미안해요 .**
ceong.mal.**mi.a.nae.yo**

真的很抱歉。

**갑자기**
kap.ja.gi
**突然**

갑자기 **비가 내리기 시작했어요 .**
kap.ja.gi.**pi.ga.nae.li.gi.si.ja.kae.sseo.yo**

突然下起雨來了。

**다시**
ta.si
**再次**

다시 **해보자 .**
ta.si.**hae.bo.ja .**

再試一次吧。

**드디어**
teu.di.eo
**終於**

드디어 **끝났어 .**
teu.di.eo.**kkeun.na.sseo**

終於結束了。

| 자주<br>ca.ju<br>**常常** | 물을 자주 마셔야 해요 .<br>mu.leul.ca.ju.ma.syeo.ya.hae.yo .<br>要常常喝水。 |
|---|---|
| 따로<br>tta.ro<br>**另外** | 따로 계산해 주세요 .<br>tta.lo.kye.sa.nae.ju.se.yo .<br>請幫我們分開結帳。 |
| 같이<br>ka.chi<br>**一起** | 같이 산책하러 가자 .<br>ka.chi.san.chae.ka.leo.ka.ja<br>一起去散步吧。 |
| 더<br>teo<br>**更～** | 일이 더 커졌어 .<br>li.li.teo.keo.jyeo.sseo<br>事情變得更大條了。 |

다
ta
**全部**

다 넣었어 .
ta.neoh.eo.sseo
都放進去了。

아마
a.ma
**恐怕、大概**

아마 아무도 안 올 거야 .
a.ma.a.mu.do.an.ol.geo.ya
應該誰都不會來。

매우
mae.u
**非常**

매우 아름답네요 .
mae.u.a.leum.dam.ne.yo
非常美麗呢。

보다
bo.da
**比～更～**

생각보다 비싸요 .
saeng.gak.bbo.da.pi.ssa.yo
比我想的還貴。

| 당장<br>tang.jang<br>**馬上** | 당장 **출발해야 해요 .**<br>tang.jang.**chul.ba.lae.ya.hae.yo**<br>必須馬上出發。 |
|---|---|

| 아까<br>a.kka<br>**剛剛** | 아까 **밥 먹었어 .**<br>a.kka.**pam.meo.keo.sseo**<br>剛剛吃過飯了。 |
|---|---|

| 지금<br>ji.geum<br>**現在** | 지금 **몇 시야 ?**<br>ji.geum.**myeot.si.ya**<br>現在幾點鐘？ |
|---|---|

| 이미<br>i.mi<br>**已經** | 이미 **늦었어요 .**<br>i.mi.**neu.jeo.sseo.yo**<br>已經太遲了。 |
|---|---|

| | |
|---|---|
| 미리<br>mi.li<br>**事先** | 미리 준비하자 .<br>mi.li.jun.bi.ha.ja<br>事先準備吧。 |

| | |
|---|---|
| 빨리<br>ppal.li<br>**快** | 빨리 와 주세요 .<br>ppal.li.wa.ju.se.yo<br>請快點過來。 |

| | |
|---|---|
| 천천히<br>cheon.cheon.hi<br>**慢** | 천천히 먹어 .<br>cheon.cheon.ni.meo.keo<br>慢慢吃。 |

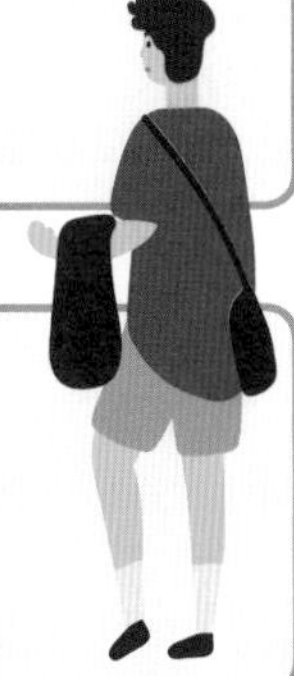

| | |
|---|---|
| 벌써<br>peol.sseo<br>**已經、早就** | 벌써 4 시야 .<br>peol.sseo.ne.si.ya<br>已經四點了啊。 |

| 먼저<br>meon.jeo<br>**先** | 너 먼저 가.<br>neo.meon.jeo.ka<br>你先走吧。 |
|---|---|

| 잠깐<br>cam.kkan<br>**暫時、暫且** | 잠깐 앉아 봐요.<br>cam.kkan.an.ja.bwa.yo<br>你稍坐一下。 |
|---|---|

| 그래서<br>keu.lae.seo<br>**所以、因此** | 그래서 좀 무서워요.<br>keu.lae.seo.jom.mu.seo.wo.yo<br>所以有點害怕。 |
|---|---|

| 그럼<br>keu.leom<br>**那麼** | 그럼 가자.<br>keu.leom.ka.ja<br>那走吧。 |
|---|---|

| 많이<br>ma.ni<br>**多** | 많이 **아파？**<br>ma.ni.**a.pa**<br><br>很不舒服嗎？ |
|---|---|

| 이따가<br>i.tta.ga<br>**待會** | 이따가 **보자.**<br>i.tta.ga.**po.ja**<br><br>待會見。 |
|---|---|

| 이만<br>i.man<br>**到此、到這種程度** | **그럼 전** 이만 **.**<br>**keu.leom.ceon.**i.man<br><br>那麼我就先告辭了。 |
|---|---|

memo

# chapter 1

# 生活篇

▶ 招呼、溝通

002

# 1 日常招呼

## 안녕하세요.

an.nyeong.ha.se.yo

你好。

## 좋은 아침이에요.

coh.eun.a.chi.mi.e.yo

早安。

## 좋은 하루 되세요.

coh.eun.ha.lu.doe.se.yo

祝您度過愉快的一天。

※這裡的되세요可以替換成보내세요使用。

## 안녕히 가세요.

an.nyeong.hi.ka.se.yo

請慢走。

※相當於主人對客人說的「再見」。

## 안녕히 계세요.

an.nyeong.hi.kye.se.yo

**請留步。**

解說 계시다：有、在（있다的敬語）

※相當於客人對主人說的「再見」。

## 들어가세요.

teu.leo.ga.se.yo

**再見。**

解說 들어가다：進入

### 가 들어가세요的常用情況

「들어가세요」原本是「請進去」的意思，但韓劇中主角在講完電話，或是送客離開的時候，也都常常會聽到들어가세요。送客或客人向主人道別的時候，互相對對方說들어가세요，是代表請客人慢走、平安回家，或是請主人不用送了的意思。而在講電話的時候說들어가세요，一樣是有掰掰、再見等跟對方道別的意思。

## 그럼 이만.

keu.leom.i.man

**那就先告辭了。**

## 2 對話開頭

### 그 동안 잘 지냈어요？

keu.dong.an.jal.ji.nae.sseo.yo

這段時間過得好嗎？

解說 지내다：度過

### 잘 있었어요？

cal.i.sseo.sseo.yo

過得還好嗎？

### 잘 지냈어요.

cal.ji.nae.sseo.yo

我過得很好。

### 요즘 많이 바빠요？

yo.jeum.ma.ni.pa.ppa.yo

最近很忙嗎？

解說 바쁘다：忙碌

## 어떻게 왔어요？

eo.tteoh.ke.wa.sseo.yo

**你怎麼來了？**

## 할 얘기가 있어서 왔어요.

hal.yae.gi.ga.i.sseo.seo.wa.sseo.yo

**我來找你是有話要說。**

解說 얘기：話、故事（이야기的縮寫）

## 그거 알아요？

keu.geo.a.la.yo

**欸你知道嗎？**

※ 這句話在開話題時常用。

## 오랜만이네요.

o.laen.ma.ni.ne.yo

**好久不見。**

解說 오랜만：好久、久違（오래간만的縮寫）

## 처음 뵙겠습니다.

cheo.eum.boep.gget.seum.ni.da

**初次見面。**

## 말씀 많이 들었습니다.

mal.sseum.ma.ni.teu.leot.seum.ni.da

**久仰大名。**

## 안 그래도 너한테 연락하려고 했는데.

an.keu.lae.do.neo.han.te.yeol.la.ka.lyeo.go.haen.neun.de

**我也正好想跟你聯絡呢。**

解說 안 그래도：就算你不說（做），也～

## 오늘 별일 없었어?

o.neul.pyeo.lil.eob.sseo.sseo

**今天沒什麼事情吧？**

解說 별일：各種事情

# 3 外出 / 回家時

## 학교 다녀올게요 .

hak.gyo.ta.nyeo.ol.kke.yo

**我要去上學了。**

※ 다녀오다：去～。학교可以替換成其他地點，例如公司。

## 잘 갔다 와요 .

cal.kat.da.wa.yo

**路上小心。**

解說 갔다 오다也可以替換成다녀오다

## 늦지 말고 잘 다녀와요 .

neut.ji.mal.go.cal.ta.nyeo.wa.yo

**不要遲到了，路上小心。**

解說 늦다：晚、遲

## 학교 다녀왔어요 .

hak.gyo.ta.nyeo.wa.sseo.yo

**我放學回來了。**

## 나 왔어.

na.wa.sseo

我來了。

## 갈게요.

kal.kke.yo

我要走了。

## 택시 타고 집에 가자.

taek.si.ta.go.ji.be.ka.ja

搭計程車回家吧。

解說 택시：計程車

解說 타다：乘坐

## 전 집에 가야 해요.

ceon.ji.be.ka.ya.hae.yo

我該回家了。

# 4 接送

## 역까지 마중하러 갈까요?

yeok.kka.ji.ma.jung.ha.leo.kal.kka.yo

我去車站接你嗎？

解說 마중하다：迎接

## 집까지 데려다 줄게요.

jip.kka.ji.te.lyeo.da.jul.kke.yo

我送你回家。

解說 데려다 주다：陪送

## 여기까지만 바래다 줘요.

yeo.gi.kka.ji.man.pa.lae.da.jwo.yo

送我到這裡就好。

解說 바래다：送行

## 집 앞까지 태워다 줄게요.

jip.ap.kka.ji.tae.wo.da.jul.kke.yo

我開車載你到家門口。

解說 태우다：載、使乘坐

## 같은 방향인데 가면서 내려 드릴까요?

ka.teun.pang.hyang.in.de.ka.myeon.seo.nae.lyeo.deu.lil.kka.yo

剛好同一個方向，順路載你一程吧？

## 픽업 오기로 한 친구들이 길막히나 봐요.

pik.eop.o.gi.lo.han.chin.gu.deu.li.kil.ma.ki.na.bwa.yo

說好要來接人的朋友們好像塞車了。

解說 픽업 :pick up 的韓文音譯，接送、拿的意思

## 집에 들어가는 걸 봐야 마음이 편해요.

ji.be.deu.leo.ga.neun.geol.bwa.ya.ma.eu.mi.pyeo.nae.yo

我要看你進家門才會安心。

## 20 분 내로 튀어와.

i.sip.ppun.nae.lo.twi.eo.wa

你 20 分鐘內飛奔過來。

# 5 年紀輩分

## 연세가 어떻게 되세요?

yeon.se.ga.eo.tteoh.ke.toe.se.yo

**您貴庚?**

※ 詢問長輩年紀的時候，나이(年紀)要改用연세(貴庚)。

### 가 年紀輩分好重要?

韓國是一個很重視輩分的地方，也因此在對話上要注意敬語、半語的使用。

除了比較年齡大小之外，公司位階、學校前後輩……等等，以上條件都是在談話時，選擇到底要使用敬語還是半語的重要關鍵。

## 몇 살이세요?

myeot.sa.li.se.yo

**您幾歲?**

解說 몇:多少、幾

## 몇 년 생이야?

myeot.nyeon.saeng.i.ya

**你是哪一年出生的?**

## 어차피 동갑인데 말 편하게 해도 되지?

eo.cha.pi.tong.ga.bin.de.mal.pyeo.na.ge.hae.do.
toe.ji

**反正我們同年，說話可以不用太拘束吧？**

解說 동갑：同齡

## 무슨 띠예요?

mu.seun.tti.ye.yo

**你是屬什麼的？**

解說 띠：生肖

### 가 韓國也有 12 生肖

韓國跟台灣一樣有 12 生肖，年齡的算法也一樣，所以有一些長輩會直接問生肖來算你的年齡。

當對方問你「무슨 띠예요 ?( 你是屬什麼的 ?)」，你可以回答「~ 띠예요 .( 我是屬 ~ 的 )」。

例如：「말띠예요 .( 我是屬馬的 )」。

## 몇 학번이에요?

myeot.hak.beo.ni.e.yo

**你是幾年入學的？**

## 내가 한 살 더 많으니까 말 놓을게.

nae.ga.han.sal.teo.ma.neu.ni.kka.mal.noh.eul.kke

**我大你一歲，那我就不說敬語了。**

解說 말을 놓다：不使用敬語

## 존댓말 써라.

jon.daet.mal.sseo.la

**你說話尊敬點。**

解說 존댓말：敬語

補充 반말：半語

# 6 講電話

## 여보세요?

yeo.bo.se.yo

喂？

## 잘 안 들려요.

jal.an.teul.lyeo.yo

我聽不太到。

## 전화 이만 끊을게요.

jeo.nwa.i.man.kkeu.neul.kke.yo

我要掛電話了。

解說 끊다：切斷、截斷

## 네, 들어가세요.

ne, teu.leo.ga.se.yo

好，再見。

## 아빠 바꿔 줄게.

a.ppa.pa.kkwo.jul.gge

我換你爸聽電話。

解說 바꾸다：換、交換

## 전화번호가 없는 번호라고 나와.

jeo.nwa.beo.no.ga.eom.neun.beo.no.la.go.na.wa

電話顯示為空號。

## 오빠한테 전화 왔었어?

o.ppa.han.te.jeo.nwa.wa.sseo.sseo

哥哥有打電話過來嗎？

## 밤늦게 전화해서 죄송합니다.

pam.neut.ge.jeo.nwa.hae.seo.joe.song.ham.ni.da

這麼晚還打給你，真是不好意思。

## 끊어.

kkeu.neo

不說了。（掛電話）

# 제발 전화 좀 하지 마.

ce.bal.jeo.nwa.jom.ha.ji.ma

拜託別再打電話來了。

## 가 韓國人怎麼掛電話的？

除了上面有提到的幾種說法之外，還有人會將「네 ~( 是 )」拉長音之後掛掉電話，如果是朋友之間，有些就會說「응 ~( 嗯 )」作為結尾。

其他還有像是「수고하세요.( 您辛苦了 )」、「감사합니다.( 謝謝 )」，也都是掛電話時常聽到的說法。

## 7 就寢

### 잘 자.

cal.ja

晚安。

### 안녕히 주무세요.

an.nyeong.hi.ju.mu.se.yo

晚安。(對長輩)

解說 주무시다:睡覺、就寢(자다的敬語)

### 잤는데 나 때문에 깬 것 아니지?

can.neun.de.na.ttae.mu.ne.kkaen.geot.a.ni.ji

我不會是把你吵醒了吧?

### 좋은 꿈 꿔.

coh.eun.kkum.kkwo

祝你有個好夢。

## 잘 준비하자.

cal.jun.bi.ha.ja

準備睡覺吧。

## 너 방금 졸았지?

neo.pang.geum.jo.lat.ji

你剛剛打瞌睡了吧？

解說 졸다：打瞌睡

## 어제 잘 잤어?

eo.je.cal.ca.sseo

昨天睡得好嗎？

## 안녕히 주무셨어요?

an.nyeong.hi.ju.mu.syeo.sseo.yo

您睡得還好嗎？

## 잠이나 자!

ca.mi.na.ca

快睡覺！

## 일어났어?

i.leo.na.sseo

**你起床了嗎？**

解說 일어나다：起身、起床

## 자고 있었어.

ca.go.i.sseo.sseo

**剛剛在睡覺。**

## 낮잠 자요.

nat.jam.ca.yo

**睡午覺吧。**

解說 낮잠：午睡

## 잠잘 때 코를 심하게 골아요.

cam.cal.tae.ko.leul.si.ma.ge.ko.la.yo

**睡覺的時候，打呼打得很嚴重。**

解說 코를 골다：打呼

補充 이를 갈다：磨牙

# 8 拜訪

## 계세요？

kye.se.yo

有人在家嗎？

## 누구세요？

nu.gu.se.yo

請問哪位？

## 집에 어른들은 안 계세요？

ji.be.eo.leun.deu.leun.an.kye.se.yo

家裡沒有大人在嗎？

解說 어른：成人、長輩

補充 어린이：兒童

## 편하게 들어오세요.

pyeo.na.ge.teu.leo.o.se.yo

請進，不用拘束。

## 자기 집이라고 생각하고 편히 쉬세요 .

ca.gi.ji.bi.la.go.saeng.ga.ka.go.pyeo.ni.swi.se.yo

把這裡當自己家，好好休息吧。

## 저희 사무실 처음 와 보시죠 ?

ceo.hui.sa.mu.sil.cheo.eum.wa.bo.si.jyo

你是第一次來我們辦公室吧？

解說 사무실：辦公室

## 오느라 힘들었지 ?

o.neu.la.him.deu.leot.ji

來的路上很辛苦吧？

## 들어오세요 .

teu.leo.o.se.yo

請進。

## 어서 와요 .

eo.seo.wa.yo

快請進吧。

# 어서 오세요.

eo.seo.o.se.yo

**歡迎光臨。**

# 9 拜託

## 내 부탁 들어 줄 거야?

nae.bu.tak.teu.leo.jul.kkeo.ya

**你會接受我的請求嗎？**

解說 부탁：拜託、請求

## 뭐든 내가 다 들어 줄게.

mwo.deun.nae.ga.ta.teu.leo.jul.kke

**不管什麼事，我都答應你。**

解說 들어 주다：答應、同意

## 협조해 주셔서 너무 감사드립니다.

hyeop.jo.hae.ju.syeo.seo.neo.mu.kam.sa.deu.lim.ni.da

**謝謝您的協助。**

解說 협조하다：協助

## 잘 부탁드립니다.

cal.bu.tak.deu.lim.ni.da

**拜託您了。**

## 부탁할 게 있어서 왔어요.

bu.ta.kal.ge.i.sseo.seo.wa.sseo.yo

我有事情要來拜託你。

## 뭘 도와 드릴까요?

mwol.to.wa.deu.lil.kka.yo

有什麼需要幫你的嗎？

解說 돕다：幫助

## 나 좀 도와 줘.

na.jom.to.wa.jwo

幫我一下吧。

## 도움이 못 돼서 미안해요.

to.eu.mi.mot.ddwae.seo.mi.a.nae.yo

對不起，沒幫上忙。

## 하늘이 날 돕네.

ha.neu.li.nal.tom.ne

老天爺也在幫我呢。

## 말만 해.

mal.ma.nae

**儘管直說。**

## 변호사님한테 맡길게요.

pyeo.no.sa.nim.han.te.mat.gil.kke.yo

**就拜託律師了。**

解說 변호사：律師

補充 맡기다：委任、託付

## 부탁 한번 해 볼게요.

bu.tak.han.beon.hae.bol.kke.yo

**我會拜託看看的。**

# 10 租房

## 방 구했어?

pang.ku.hae.sseo

**找到房子了嗎?**

解說 구하다:求、找

### 가 韓國特有租屋文化

韓國的租屋方式可以分成全租(전세)、月租(월세)、半全租(반전세)。其中較特別的是全租(전세),只要在簽約時繳一大筆保證金給房東,契約期間就不用再付任何房租給房東,且房東會在契約結束後,將保證金全額歸還。

相較於月租,全租對一般人來說是比較省錢的方式。

## 보증금 얼마짜리?

po.jeung.geum.eol.ma.jja.li

**要多少保證金?**

解說 보증금:保證金

## 방 좀 알아 보려고요.

pang.jom.a.la.bo.lyeo.go.yo

**我是來找房子的。**

## 이런 데 전세 얼마래？

i.leon.de.ceon.se.eol.ma.lae

**你說這樣的地方全租要多少錢？**

解說 전세：全租

## 이번 달 월세는 바로 입금해 드리겠습니다.

i.beon.dal.wol.se.neun.pa.lo.ip.geum.hae.deu.li.get.sseum.ni.da

**這個月房租我會馬上匯給你。**

解說 월세：月租

## 집 대출 다 갚았어？

jip.dae.chul.ta.ka.pa.sseo

**房子貸款都繳完了嗎？**

解說 대출：貸款

解說 갚다：償還

補充 대출을 받다：借貸

## 가 韓國租屋也常需要貸款

在韓國，不只買房需要貸款，租房子也可能需要貸款。

上面有提到韓國有全租制度，也就是要繳一大筆保證金給房東才能入住。以首爾為例，根據 2017 年的調查，新婚夫婦基本上要拿出台幣 500 萬以上的保證金，才有可能租到比較舒適的全租房，這房租對台灣人來說是難以想像地貴。

也因此有許多的上班族雖然沒有房貸，卻因為全租高額的保證金而背負了租屋貸款。

### 이 동네 터가 안 좋은 것 같아.

i.tong.ne.teo.ga.an.joh.eun.geot.ga.ta

**這個區域的風水不太好。**

### 방음 잘 돼요?

pang.eum.cal.toe.yo

**隔音好嗎？**

**解說** 방음：隔音

### 이번 주에 집들이를 하자.

i.beon.ju.e.jip.ddeu.li.leul.ha.ja

**這個禮拜辦喬遷宴吧。**

**解說** 집들이：喬遷宴

### 가 喬遷宴（집들이）

韓國搬新家的時候，要邀請朋友們來舉辦喬遷宴（집들이），就像台灣的入厝一樣。主人要準備豐盛的食物請客人吃，而客人也都會送一些生活用品當作祝賀禮。比較常見的是捲筒衛生紙，因為使用衛生紙前要解開（풀다）來使用，所以有希望收到的主人能夠任何事都迎刃而解的意思。

## 나 옛날에 반지하에서 살았었거든.

na.yet.na.le.pan.ji.ha.e.seo.sa.ra.sseot.geo.deun

**我以前是住在半地下室的。**

**解說** 반지하：半地下室

**補充** 옥탑방：屋塔房

### 가 原來韓國也有頂加

台灣租屋時，找頂樓加蓋通常會比較便宜，但缺點就是冬冷夏熱。韓國也有類似頂樓加蓋的便宜住處，像是半地下室、屋塔房。以半地下室為例，雖然租金便宜，但既潮濕又不見天日，容易長蟲且對健康不佳。

加上對外窗戶離外面的地面很近，如果有人丟垃圾、隨地便溺，味道很容易就飄進房間裡。

而屋塔房則跟台灣的頂樓加蓋構造很像。雖然有很多韓劇都會以屋塔房為背景，看似浪漫又自由。

但由於韓國冬天溫度常常降到零下，屋塔房在沒有其他遮蔽物的情況下，相對的會比一般住宅還要冷上許多。

# 11 其他生活對話

## 양치하고 자자.

yang.chi.ha.go.ka.ja

**刷牙睡覺吧。**

解說 양치：刷牙

## 나 씻고 올게.

na.ssit.ggo.ol.kke

**我去洗澡。**

解說 씻다：刷洗、洗

※ 除了洗澡之外，洗米、洗手也用씻다。

## 빨래 좀 개 줘.

ppal.lae.jom.kae.jwo

**幫忙折一下衣服。**

解說 개다：摺疊

補充 래를 널다：晾衣服

## 난 자전거 못 타.

nan.ca.jeon.geo.mot.ta

我不會騎腳踏車。

## 불 좀 꺼 줘.

pul.jom.kkeo.jwo

幫忙關一下燈。

補充 불을 켜다：開燈

▶ 感情表現

# 12 正面情緒

기분이 좋아요.

ki.bu.ni.co.a.yo

我心情很好。

신난다.

sin.nan.da

真開心。

하늘을 나는 것 같아.

ha.neu.leul.na.neun.geot.ga.ta

快飛上天了。

나 빵 터졌어.

na.ppang.teo.jyeo.sseo

笑死我了。

解說 터지다：炸裂

## 정말 웃겨요.

ceong.mal.ut.gyeo.yo

太好笑了。

## 웃음이 터져 나왔어요.

eu.seu.mi.teo.jyeo.na.wa.sseo.yo

爆笑出來了。

## 정말 기뻐요.

ceong.mal.ki.ppeo.yo

真的很高興。

## 오늘 즐거웠어요.

o.neul.jeul.geo.wo.sseo.yo

今天過得很開心。

※ 這句話在約會尾聲的時候可以說，以做為約會的結束。

## 뿌듯하네요.

ppu.deu.ta.ne.yo

心滿意足呢。

# 13 負面情緒

## 너무 싫어요 .

neo.mu.si.leo.yo

**太討厭了。**

## 자존심 상해 .

ja.jon.sim.sang.hae

**很傷自尊心。**

解說 자존심：自尊心

## 짜증나 .

jja.jeung.na

**好煩。**

## 어이가 없네 .

eo.i.ga.eom.ne

**真是無言。**

解說 어이없다：無可奈何、不可理喻

## 기가 막혀.

ki.ga.mak.kyeo

**太荒謬了。 / 太令人驚訝了。**

解說 기막히다：不可思議

## 너무 불공평하잖아요.

neo.mu.bul.gong.pyeong.ha.ja.na.yo

**太不公平了吧。**

## 내 팔자야.

nae.pal.ja.ya

**我命苦啊。**

解說 팔자：八字、命運

## 내가 못 살아.

nae.ga.mot.sa.la

**我不想活了。**

## 별로다.

pyeol.lo.da

**不怎麼樣。**

## 기분 되게 이상한데.

ki.bun.toe.ge.i.sang.han.de

感覺好奇怪。

## 뒤끝 있네.

twi.kkeut.in.ne

很會記仇呢。

**解說** 뒤끝：之後；結尾；後勁

## 속 터지는 줄 알았어요.

sok.teo.ji.neun.jul.a.la.sseo.yo

還以為心要炸開了。

※ 憤怒、鬱悶、著急的時候都可以用，表示情緒已經到了極點。

## 엉망진창이야.

eong.mang.cin.chang.i.ya

亂七八糟的。

## 최악인데.

choe.ak.in.de

超爛的。

# 14 悲傷

## 마음이 너무 아파.

ma.eu.mi.neo.mu.a.pa

太心痛了。

## 울고 싶으면 울어요.

ul.go.si.peu.myeon.u.leo.yo

想哭就哭吧。

## 눈물 날 것 같아.

nun.mul.nal.geot.ga.ta

好像快流眼淚了。

解說 눈물：眼淚

補充 콧물：鼻涕

## 가슴이 찢어질 것 같아.

ka.seu.mi.jji.jeo.jil.geo.ga.ta

心臟好像快被撕裂了。

解說 가슴이 찢어지다：撕心裂肺

## 혼자는 외로워.

hon.ja.neun.oe.lo.wo

自己一個人好孤單。

## 섭섭하네요.

seop.sseo.pa.ne.yo

感覺好失落呢。

## 매우 슬퍼요.

mae.u.seul.peo.yo

感到非常悲傷。

# 15 後悔

## 괜히 샀어.

kwae.ni.sa.sseo

白買了。

解說 괜히：白白地、徒然

## 후회 안 해요.

hu.hoe.a.nae.yo

我不後悔。

## 이미 늦었어.

i.mi.neu.jeo.sseo

已經太遲了。

## 그때 말할 걸 그랬어.

keu.ttae.ma.lal.geol.keu.lae.sseo

早知道那時候就說出口了。

## 이제 되돌릴 수 없어.

i.je.toe.dol.lil.su.eob.sseo

**現在已經無法挽回了。**

解說 되돌리다：找回、回歸

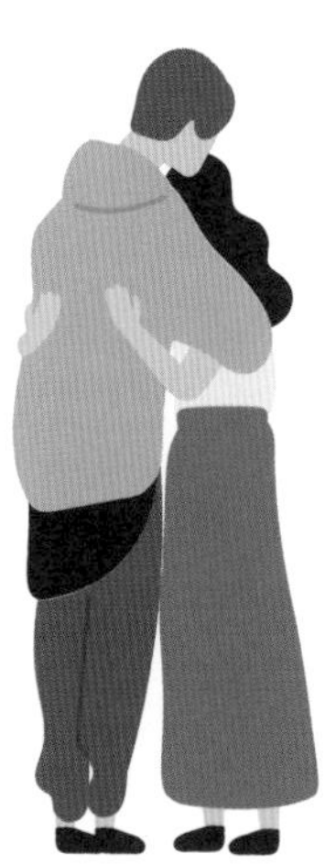

# 16 緊張、害怕

너 진짜 뭐가 무서워서 이래？

neo.cin.jja.mwo.ga.mu.seo.wo.seo.i.lae

你到底在怕什麼？

나 겁나.

na.keom.na

我害怕。

용기가 안 나요.

yong.gi.ga.an.na.yo

我提不起勇氣。

너무 떨려요.

neo.mu.tteol.lyeo.yo

好緊張。

## 이 여자가 왜 이렇게 겁이 없어?

i.yeo.ja.ga.wae.i.leo.ke.keo.bi.eob.sseo

**這女人怎麼這麼大膽？**

解說 겁이 없다：膽子大

# 17 猶豫

## 글쎄.

keul.sse

**難說。**

## 애매한데.

ae.mae.han.de

**不好說呢。**

解說 애매하다：曖昧、含糊不清

## 잘 모르겠어.

cal.mo.leu.ge.sseo

**不知道。**

## 그런가?

keu.leon.ga

**是這樣嗎？**

# 왜 망설여？

wae.mang.seo.lyeo

## 為什麼要猶豫？

解說 망설이다：猶豫

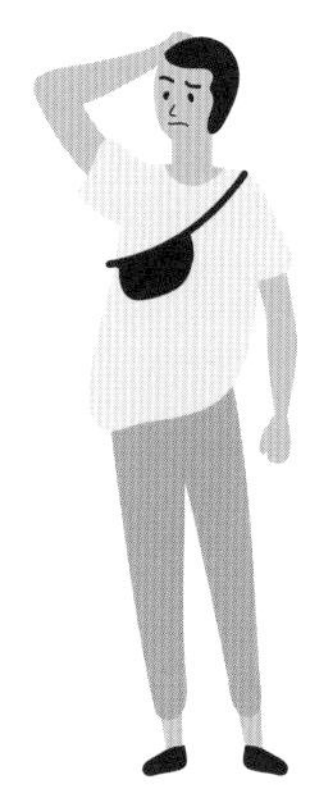

## 18 同意

그러게.

keu.leo.ge

也是啊。

나도 같은 생각이야.

na.do.ga.teun.saeng.ga.ki.ya

我也是這麼想。

좋아.

co.a

好。

나도 한 표.

na.do.han.pyo

加我一票。

네 말이 맞아.

ne.ma.li.ma.ja

你說得對。

# 19 反對

내 생각 좀 다른데.

nae.saeng.gak.jom.ta.leun.de

我的想法不一樣。

이건 좀 아닌 것 같아.

i.geon.jom.a.nin.geot.ga.ta

這好像不太好。

난 반대야.

nan.pan.dae.ya

我反對。

내가 손해 보는 느낌인데?

nae.ga.so.nae.bo.neun.neu.kki.min.de

感覺是我吃虧？

## 20 稱讚

### 나쁘지 않네요.

na.ppeu.ji.anh.ne.yo

不錯呢。

### 좋은 생각이야.

co.eun.saeng.ga.ki.ya

這個想法很好。

### 굉장한데?

koeng.jang.han.de

了不起呢。

解說 굉장하다：了不起

### 잘한다.

ca.lan.da

做得好。

이거 대박인데？

i.geo.tae.ba.kin.de

這太厲害了。

우와 ~ 짱이다！

u.wa.jjang.i.da

哇～超讚的！

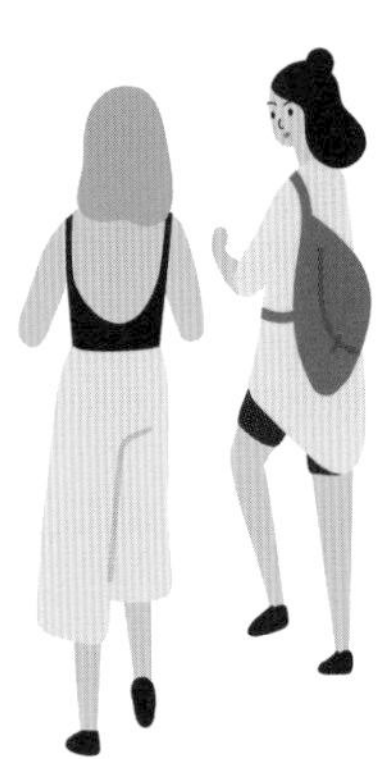

# chapter 2

# 愛情篇

# 1 曖昧

## 라면 먹고 갈래？

la.myeon.meok.kko.kal.lae

**要吃碗泡麵再走嗎？**

解說 라면：泡麵

### 가 要吃碗泡麵再走嗎？

在韓國，可別隨便請異性進門吃泡麵，對方會誤會的。這句話在台灣人眼中很正常，但聽在韓國人耳裡，是有性暗示的意思。某部電影裡的女主角對男主角說了這句台詞，邀請對方到家中吃泡麵，後來就發生了關係。所以就從這裡延伸出了性暗示的意思。

## 짝사랑 힘들지？

jjak.ssa.lang.him.deul.ji

**暗戀很辛苦吧？**

解說 짝사랑：單戀、暗戀

## 아직은 그냥 썸 단계인데.

a.ji.geun.keu.nyang.sseom.tan.gye.in.de

**現在還只是曖昧階段。**

解說 썸：曖昧

## 우리 지금 썸타는 거야?

u.li.ji.geum.sseom.ta.neun.geo.ya

**我們現在是在搞曖昧嗎？**

解說 썸타다：搞曖昧

## 또 저번처럼 쌩까는 건 아니겠지?

tto.ceo.beon.cheo.leom.ssaeng.kka.neun.geon.a.ni.get.ji

**你不會又像上次一樣無視我了吧？**

解說 쌩까다：不理會、無視

## 제 이상형을 만났어요.

ce.i.sang.hyeong.eul.man.na.sseo.yo

**我遇到了我的理想對象。**

解說 이상형：理想型

## 손 잡아도 돼요?

son.ja.ba.do.twae.yo

**可以牽你的手嗎？**

## 2 告白

### 난 사실 좋아하는 사람이 생겼어요.

nan.sa.sil.co.a.ha.neun.sa.la.mi.saeng.gyeo.sseo.yo

其實我有喜歡的人了。

### 마음에 드는 남자가 따로 있어요.

ma.eu.me.teu.neun.nam.ja.ga.tta.lo.i.sseo.yo

我心中已經有心儀的男生了。

解說 마음에 들다：中意

### 오늘부터 너 어디 가면 남친 있다고 해!

o.neul.bu.teo.neo.eo.di.ka.myeon.nam.chin.it.da.go.hae

從今天開始在別人面前，你就說你有男朋友了！

解說 남친：男朋友（남자 친구的縮寫）

### 나랑 사귀자.

na.lang.sa.gwi.ja

跟我交往吧。

解說 사귀다：交往

## 내가 지금부터 좋아해도 돼요？

nae.ga.ji.geum.bu.teo.co.a.hae.do.twae.yo

我可以從現在開始喜歡你嗎？

## 혹시 남친 있으세요？

hok.ssi.nam.chin.i.sseu.se.yo

你有男朋友嗎？

## 날 좋아하게 만들 자신 있어요.

nal.co.a.ha.ge.man.deul.ca.sin.i.sseo.yo

我有自信能讓你喜歡上我。

## 너한테 관심 받고 싶어.

neo.han.te.kwan.sim.pat.go.si.peo

我想受到你的關注。

**解說** 관심：關注、感興趣

## 오늘부터 우리 1 일이다.

o.neul.bu.to.u.li.i.li.li.da

今天是我們交往第一天。

**解說** 1 일：情侶交往的第一天

## 가 韓國情侶的紀念日

韓國的情侶們有各式各樣的情人節、紀念日，除了一年有 12 個情人節之外，連交往「百日」都會慶祝。

像台灣情侶交往時，通常是慶祝交往一週年、兩週年，韓國情侶則會特別慶祝交往滿 100 天、200 天。

所以後來還出現計算交往日數的 app，輸入交往日期，就會自動幫你算交往日數，對韓國情侶來說非常方便。

## 3 戀愛

### 밀당도 할 줄 아네.

mil.dang.do.hal.jul.a.ne

你也懂得欲擒故縱呢。

**解說** 밀당：欲擒故縱

### 자긴 내가 왜 좋아?

ca.gin.nae.ga.wae.co.a

親愛的，你為什麼喜歡我？

**解說** 자기：親愛的

### 나도 널 사랑해.

na.do.neol.sa.lang.hae

我也愛你。

### 나 오늘 집에 안 갈래.

na.o.neul.ji.be.an.gal.lae

我今天不回家了。

## 오빠 내가 첫사랑이라고 했잖아.

o.ppan.nae.ga.cheot.ssa.lang.i.la.go.haet.jja.na

哥哥你不是說我是你的初戀嗎？

**解說** 첫사랑：初戀

## 내가 널 지켜 줄 거야.

nae.ga.neol.ji.kyeo.jul.kkeo.ya

我會守護你的。

## 너를 보고만 있어도 미칠 것 같아.

neo.leul.po.go.man.i.sseo.do.mi.chil.geot.ga.ta

光是看著你就覺得要瘋掉了。

## 우리 더치페이하자.

u.li.teo.chi.pe.i.ha.ja

我們 AA 制吧。

**解說** 더치페이 :AA 制

## 가 韓國也有 AA 制？

台灣的情侶有滿多都是 AA 制，但在韓國可不一樣。

韓國的傳統性別觀念是——約會時的費用要由男生負責，如果讓女生出錢，會讓人覺得「沒出息」。

就算女生想要一起負擔約會費用，韓國男生通常也會拒絕。

不過最近受到男女平等風氣影響，韓國的年輕人有越來越能夠接受 AA 制的趨勢，以往男生需要負擔所有費用的觀念已經有所轉變了。

### 왜 너 우는 게 다 예뻐 보이냐.

wae.neo.u.neun.ge.ta.ye.ppeo.po.i.nya

**為什麼你連哭都能看起來這麼美。**

### 나는 너 없이 못 살아.

na.neun.neo.eob.ssi.mot.ssa.la

**我沒有你活不下去。**

### 애 술 덜 깬 것도 귀엽지 않냐?

yae.sul.teol.kkaen.geot.ddo.kwi.yeop.jji.an.nya

**不覺得他半醉半醒的樣子也很可愛嗎？**

解說 덜：還沒有、不太

## 연애할 때 츤데레 타입이구나.

yeo.nae.hal.ttae.cheun.de.le.ta.ip.i.gu.na

**原來你是戀愛時會傲嬌的類型啊。**

**解說** 츤데레：傲嬌

### 가 有些韓文單字聽起來像日文？

韓文有很多直接音譯的外來語，例如英文的「다이어트 (diet)」、「뉴스 (news)」……等等。

而這些外來語中，也包括了日文，像是「츤데레（傲嬌）」其實就是日文「ツンデレ」音譯過來的，通常是指戀愛中口是心非、外冷內熱的性格，就類似我們說的傲嬌。

另外還有像是「오타쿠（御宅族）」，也是由日文「お宅」音譯過來的。

## 나 이거 첫 키스야.

na.i.geo.cheot.ki.seu.ya

**這是我的初吻。**

**解說** 첫 키스：初吻

## 4 分手

### 나 차였어요.

na.cha.yeo.sseo.yo

**我被甩了。**

解說 차이다：被踢走

※ 用在戀愛中，就是被甩的意思。

補充 也可以替換成「까이다」

### 남들 앞에서는 내가 찬 거로 해.

nam.deul.a.pe.seo.neun.nae.ga.chan.geo.lo.hae

**對外就說是我甩掉他的吧。**

### 너를 만난 건 내 생에 가장 큰 똥을 밟은 일이야.

neo.leul.man.nan.geon.nae.saeng.e.ka.jang.keun.ttong.eul.bal.beun.i.li.ya

**遇見你是我人生中踩到的最大一坨屎。**

解說 똥을 밟다：踩到屎

※ 韓文常用踩到屎形容各種倒楣的情況。

## 헤어지면 친구도 못 하는 거야.

he.eo.ji.myeon.chin.gu.do.mo.ta.neun.geo.ya

分手就連朋友都當不成了。

## 우리 헤어져.

u.li.he.eo.jyeo

我們分手吧。

**解說** 헤어지다：分手、離別

## 우리 그만 만나자.

u.li.keu.man.man.na.ja

我們別再見面了。

## 실연을 당했다고 죽어?

si.lyeo.neul.tang.haet.tta.go.cu.geo

失戀會死嗎？

**解說** 실연：失戀

## 나 죽어도 너랑 못 헤어져.

na.cu.geo.do.neo.lang.mot.he.eo.jyeo

我死也不跟你分手。

## 너와 사귀지 말 걸 그랬다.

neo.wa.sa.gwi.ji.mal.geol.keu.laet.tta

**早知道就不跟你交往了。**

## 다시 사귀어 줄 것 아니면 나한테 말 걸지 마.

ta.si.sa.gwi.eo.jul.geot.a.ni.myeon.na.han.te.mal.keol.ji.ma

**除非你是要跟我復合，否則不要跟我搭話。**

## 이제 그만 정리하자.

i.je.keu.man.ceong.li.ha.ja

**我們就在此結束吧。**

解說 정리하다：整理、收拾

※ 用在感情中，就是要結束關係的意思。

## 전남친을 못 잊겠어요.

ceon.nam.chi.neul.mot.it.kke.sseo.yo

**我忘不了前男友。**

解說 전남친：前男友

補充 전여친：前女友

# 5 好友聊天

## 넌 왜 남자친구가 없을까?

neon.wae.nam.ja.chin.gu.ga.eob.sseul.kka

你為什麼會沒有男朋友呢？

## 눈이 너무 높은 거 아니야?

nu.ni.neo.mu.no.peun.geo.a.ni.ya

你會不會眼光太高了啊？

**解說** 눈이 높다：眼光高

**補充** 눈이 낮다：眼光差

## 내가 전수해준 필살기 안 까먹었지?

nae.ga.ceon.su.hae.jun.pil.sal.gi.an.kka.meo.geot.jji

我教你的必殺技沒忘記吧？

**解說** 필살기：必殺技

**補充** 전수：傳授、教

## 넌 어떤 남자를 좋아해?

neon.eo.tteon.nam.ja.leul.co.a.hae

你喜歡怎樣的男人？

## 남녀 사이에 친구 사이가 어디있어 ?

nam.nyeo.sa.i.e.chin.gu.sa.i.ga.eo.di.it.sseo

男女之間哪有純友誼啊？

## 둘이 언제부터 사귄 건데 ?

tu.li.eon.je.bu.teo.sa.gwin.geon.de

你們兩個什麼時候開始交往的？

## 너 개한테 첫눈에 반했구나 ?

neo.kyae.han.te.cheon.nu.ne.pan.haet.gu.na

看來你對他是一見鍾情啊？

**解說** 첫눈에 반하다：一見鍾情

**補充** 사랑에 빠지다：陷入愛河

## 나 오늘 부케 받을 거야 .

na.o.neul.bu.ke.pa.deul.kkeo.ya

我今天要接到捧花。

**解說** 부케：捧花

## 너 진짜 재랑 사귈 거야 ?

neo.cin.jja.cyae.lang.sa.gwil.kkeo.ya

你真的要跟他交往嗎？

## 형이 이제 제 연애 멘토예요.

hyeong.i.i.je.ce.yeo.nae.men.to.ye.yo

**哥你現在是我的戀愛導師了。**

## 너 선수지?

neo.seon.su.ji

**你是戀愛高手吧？**

**解說** 선수：選手、高手

※ 完整說法應是「연애 선수（戀愛高手）」，通常口語都會直接說「선수」。

## 헌팅하러 가자.

heon.ting.ha.leo.ka.ja

**我們去搭訕人吧。**

### 가 認識異性的管道

韓國年輕人認識異性時，除了透過隨機搭訕（헌팅）之外，還有一群人一起參加的聯誼（미팅），這種通常是一群男生跟女生，聚在一起找心儀的對象。

還有一種是透過朋友介紹的一對一聯誼（소개팅），這種方式比較尷尬，畢竟雙方事前都不認識，相約在某個地方見面後，一起吃飯、喝咖啡，有些比較好的朋友會先協助男女雙方自我介紹之後再離開。如果男女雙方都願意深入交往，就可以自然而然成為男女朋友。

# 6 結婚

## 상견례는 언제쯤 해야 하는 건가요?

sang.gyeon.lye.neun.eon.je.jjeum.hae.ya.ha.neun.geon.ga.yo

**相見禮大概是什麼時候要進行？**

解說 상견례：相見禮

### 가 相見禮

韓國的相見禮（상견례）是即將結婚的新人、雙方家長、親戚們第一次正式見面的場合，也是雙方準備結婚的第一步。

通常會選擇在安靜的餐廳舉行，邊用餐邊討論具體的結婚內容、日期……等。而相見禮用餐的費用部分，一般會由新郎負責，新郎悄悄地在用餐期間先到櫃台付錢，能夠讓女方長輩留下好印象。

## 너 지금 나한테 청혼하는 거야?

neo.ji.geum.na.han.te.cheong.hon.ha.neun.geo.ya

**你現在是在跟我求婚嗎？**

解說 청혼：求婚

補充 프러포즈：求婚

## 장가 안 갈 거야?

cang.ga.an.kal.kkeo.ya

**你不娶老婆嗎？**

解說 장가가다：娶妻

補充 시집오다：娶入門

補充 시집가다：出嫁

### 가 婚禮上雙方父母的穿著

韓劇上常常可以看到，結婚時雙方的父親都是穿著西裝，而母親則是會換上韓服迎接客人。

不過韓服的顏色也是有學問的，新娘的母親會穿上粉色、暖色系的韓服，而新郎的母親則是會穿上藍色、綠色這類偏冷色系的韓服，讓賓客一眼就能分辨出來。

## 식은 언제쯤 할 생각이야?

si.geun.eon.je.jjeum.hal.saeng.ga.ki.ya

**打算什麼時候要辦婚禮？**

解說 식：典禮

※ 完整說法應是「결혼식（結婚典禮）」。除此之外，長輩還會用「잔치（喜宴）」或「국수（麵）」來表達婚禮。

### 가 什麼時候要請我們吃麵？

台灣在問別人什麼時候要結婚的時候，常常會說「什麼時候請喝喜酒？」，韓國的長輩則是會問「什麼時候請吃麵？(국수 언제 먹여 줄 거야?)」。這是因為韓國以前的人結婚時，不是像台灣一樣吃辦桌，而是會招待宴會麵(잔치국수)讓大家吃，除了細長麵條有長壽、吉利的意思之外，也有新郎新娘能夠長長久久的涵義在裡面。

## 너 아니면 결혼도 안 할 거야.

neo.a.ni.myeon.kyeo.lon.do.an.hal.kkeo.ya

**如果不是你，我就不結婚。**

**解說** 결혼하다：結婚

## 나랑 결혼하자.

na.lang.kyeo.lon.ha.ja

**跟我結婚吧。**

**補充** 이혼하다：離婚

## 내가 평생 책임질게.

nae.ga.pyeong.saeng.chae.kim.jil.kke

**我對你負責一輩子。**

**解說** 책임：責任

## 결혼이 장난이야?

kyeo.lo.ni.cang.na.ni.ya

**結婚是兒戲嗎？**

## 언니가 속도위반으로 결혼했어요.

eon.ni.ga.sok.do.wi.ba.neu.lo.kyeo.lon.haet.sseo.yo

**姊姊是因為懷孕了才結婚的。**

**解說** 속도위반：原意為超速行駛，後延伸為婚前已懷孕、先上車後補票的意思。

## 날 잡아야지.

nal.ca.ba.ya.ji

**要訂個日子才行。**

## 나 선보러 갈 거야!

na.seon.bo.leo.kal.kkeo.ya

**我要去相親！**

**解說** 선보다：相親

# 7 情侶吵架

## 나보다 친구가 더 중요해?

na.bo.da.chin.gu.ga.teo.jung.yo.hae

朋友比我還重要嗎?

解說 중요하다:重要

## 나한테 문자도 전화도 하지 마.

na.han.te.mun.ja.do.jeon.hwa.do.ha.ji.ma

不要再傳訊息、打電話給我了。

解說 문자:簡訊

## 넌 울면 얼굴 못생겨져.

neon.ul.myeon.eol.gul.mot.ssaeng.gyeo.jyeo

你哭的話會變很醜。

## 나 왜 자꾸 네가 변하는 것 같지?

na.wae.ca.kku.ne.ga.pyeo.na.neun.geot.gat.ji

為什麼我總覺得你好像變了呢?

## 우리 지금 권태기인 거야?

u.li.ji.geum.kwon.tae.gi.in.geo.ya

我們現在是倦怠期嗎？

**解說** 권태기：倦怠期

## 나는 요즘 너랑 같이 있는 게 더 외로워.

na.neun.yo.jeum.neo.lang.ka.ti.in.neun.ge.teo.oe.lo.wo

我最近覺得跟你在一起的時候更孤單。

## 인생 네 멋대로만 살 거면 여잔 왜 만나?

in.saeng.ne.meot.dae.lo.man.sal.kkeo.myeon.yeo.jan.wae.man.na

你如果想過隨心所欲的人生，為什麼要交女朋友？

**解說** 멋대로：隨便、隨心所欲

## 내가 다 잘못했다. 다 미안하다.

nae.ga.ta.cal.mot.taet.da.ta.mi.a.na.da

全都是我的錯，都是我對不起你。

## 넌 네가 뭘 잘못했는지도 모르지？

neon.ne.ga.mwol.cal.mo.taen.neun.ji.do.mo.leu.ji

你不知道你做錯了什麼吧？

## 너 진짜 나한테 너무 잔인한 거 아니야？

neo.cin.jja.na.han.te.neo.mu.ca.ni.nan.geo.a.ni.ya

你是不是對我太殘忍了？

解說 잔인하다：殘忍

## 왜 맨날 나만 너한테 맞춰줘야 하는데？

wae.maen.nal.na.man.neo.han.te.mat.chwo.jwo.ya.ha.neun.de

為什麼每次都只有我要遷就你？

## 진짜 지겹다.

cin.jja.ji.gyeop.tta

我真的厭煩了。

## 왜 연락 안 해요？

wae.yeon.lak.an.hae.yo

為什麼不跟我聯絡？

## 내가 어딜 가든 말든 네가 무슨 상관인데 ?

nae.ga.eo.dil.ka.deun.mal.deun.ne.ka.mu.seun.sang.gwa.nin.de

**你管我要去哪裡。**

## 8 劈腿



### 당신 남편과 나 서로 사랑해요.

tang.sin.nam.pyeon.gwa.na.seo.lo.sa.lang.hae.yo

**你老公跟我是相愛的。**

解說 남편：丈夫

補充 아내：妻子

### 당신 남편 흔들어서 미안해요.

tang.sin.nam.pyeon.heun.deu.leo.seo.mi.a.nae.yo

**對不起，我讓你老公動搖了。**

### 너 바람피웠어?

neo.pa.lam.pi.wo.sseo

**你有外遇了嗎？**

解說 바람피우다：偷情、外遇

補充 바람둥이：花心大蘿蔔

愛情篇

## 너만 사랑하는 게 아닌 게 현재 내 문제야.

neo.man.sa.lang.ha.neun.ge.a.nin.ge.hyeon.jae.nae.mun.je.ya

我現在的問題在於我不只愛你一個人。

## 가정 있는 남자를 마음에 두는 게 힘들어요.

ka.jeong.in.neun.nam.ja.leul.ma.eu.me.tu.neun.ge.him.deu.leo.yo

把有家庭的男人放在我的心裡，實在太累了。

## 그 집 남편한테 세컨드가 생겼대요.

keu.jip.nam.pyeon.han.te.se.keon.deu.ga.saeng.gyeot.ttae.yo

那家的老公聽說有小三了。

**解說** 세컨드：小三、小老婆

## 너 어떻게 양다리를 걸칠 수가 있어！

neo.eo.tteoh.ke.yang.da.li.leul.keol.chil.su.ga.i.sseo

你怎麼可以腳踏兩條船！

**解說** 양다리를 걸치다：腳踏兩條船

# 너 어장관리 참 잘한다.

neo.eo.jang.gwal.li.cham.ca.lan.da

## 你的漁場管理做得真好。

解說 어장관리：漁場管理

### 가 什麼是漁場管理？

意指愛找備胎、到處搞曖昧的人。就像是個管理員一樣，同時將很多異性友人餵養在自己的漁場裡面，偶爾陪陪這隻魚、偶爾關心一下那隻魚，培養自己的備胎。所以說你「漁場管理做得真好」並不是稱讚，而是指你很會找備胎，反而是帶有貶意的一句話。

memo

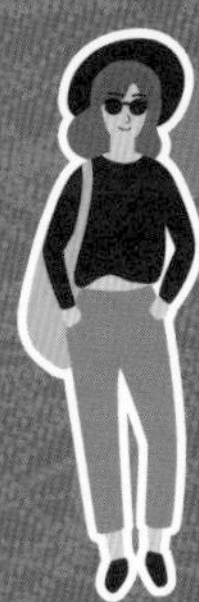


# chapter 3

# 外型篇

004

# 1 髮型

## 염색했어요 ?

yeom.sae.kaet.sseo.yo

你染頭髮了嗎？

解說 염색 : 染色；染髮

補充 탈색 : 漂色

## 파마했는데 티가 안 나요 .

pa.ma.haet.neun.de.ti.ga.an.na.yo

我燙了頭髮，但看不出來。

解說 파마하다 : 燙髮

### 가 看不出來 ( 티가 안 나요 .)

這句話是「看不出來、不明顯」的意思；相反地，「티나요 .」則是「很明顯、看得出來」的意思。這個用法除了針對外表之外，也可以用在想法或情感上。例如：「좋아하는거 다 티나는데 왜 고백 안해 ?( 都看得出你喜歡他，為什麼不告白 ?)」

## 머리 바뀌었네요 .

meo.li.pa.kkwi.eot.ne.yo

你換髮型了呢。

補充 머리 스타일 : 髮型

## 평소처럼 다듬어 드리면 되죠?

pyeong.so.cheo.leom.ta.deu.meo.deu.li.myeon.toe.jyo

跟平常一樣修剪就可以了吧？

解說 다듬다：修剪

## 머리 예쁘게 커트하셨네요.

meo.li.ye.ppeu.ge.keo.teu.ha.syeot.ne.yo

頭髮剪得很美呢。

## 어디서 잘랐어요?

eo.di.seo.jal.lat.sseo.yo

是在哪裡剪頭髮的？

## 앞머리가 잘 어울려요.

ap.meo.li.ga.cal.eo.ul.lyeo.yo

你適合有瀏海。

解說 앞머리：瀏海

補充 시스루 뱅 앞머리：空氣瀏海

## 아침에 머리 안 감았지？

a.chi.me.meo.li.an.ga.mat.ji

**你早上沒洗頭吧？**

解說 머리를 감다：洗頭

### 가 韓國人都習慣早上洗頭

路上可以看到有些韓國女生早上出門的時候，頭髮都還是濕的，這是因為韓國人不論男女，都習慣早上出門前洗頭髮。其中一個原因就在於韓國人很愛美，早上洗頭比較不會有油垢，看起來也比較不會蓬頭垢面的。還有一個原因則是因為應酬，韓國上班族在下班之後，常常要聚餐、喝酒到半夜，回家之後只想倒頭就睡，也因此漸漸養成了早上才洗頭的習慣。

## 단발머리도 괜찮네요.

tan.bal.meo.li.do.kwaen.chan.ne.yo

**短髮也不錯呢。**

補充 긴머리：長髮

補充 짧은 머리：短髮

## 곱슬머리야？

kop.seul.meo.li.ya

**你是自然捲嗎？**

解說 곱슬머리：自然捲

# 생머리가 좋아요 .

saeng.meo.li.ga.co.a.yo

**我喜歡直髮。**

解說 생머리：直髮

# 2 外貌

## 키가 180 이 넘어 보여 .

ki.ga.paek.pal.si.bi.neo.meo.po.yeo

身高看起來超過 180 公分。

## 잘 생겼어 .

cal.saeng.gyeot.sseo

長得很好看。

補充 못 생기다：長得醜

## 너 키 높이 운동화 신었어 ?

neo.ki.no.pi.un.dong.hwa.si.neo.sseo

你穿了增高運動鞋嗎？

## 요즘 멍멍이상이 인기라는데 .

yo.jeum.meong.meong.i.sang.i.in.gi.la.neun.de

聽說最近狗相很受歡迎。

補充 고양이상：貓相

### 가 動物臉

韓國很喜歡用動物來比喻一個人的長相，例如恐龍相（공룡상），並不是指恐龍妹或真的很醜的人，而是五官比較突出、長相有特色的人。另外還有像是貓相、狗相、豬相，甚至還有馬相，都是用動物的外型特色來比喻一個人的長相。

外型篇

## 몸무게가 너무 많이 나가네요.

mom.mu.ge.ga.neo.mu.ma.ni.na.ga.ne.yo

**體重增加太多了呢。**

補充 몸：身體

補充 무게：重量

## 그 사람의 뒤통수마저 멋있어 보여.

keu.sa.la.me.twi.tong.su.ma.jeo.meo.si.sseo.po.yeo

**那個人連後腦勺都很帥氣。**

解說 뒤통수：後腦勺

## 더 예뻐졌네.

teo.ye.ppeo.jyeot.ne

**變得更漂亮了呢。**

## 완전 내 스타일이야.

wan.jeon.nae.seu.ta.i.li.ya

完全就是我的菜。

## 멋있다!

meo.sit.tta

好帥!

## 몸매 좋다!

mom.mae.coh.ta

身材真好!

解說 몸매:身材

## 원래 얼굴에 여드름이 별로 없었거든요.

won.lae.eol.gu.le.yeo.deu.leu.mi.pyeol.lo.eob.sseot.geo.deu.nyo

我本來臉上沒什麼痘痘的。

## 저 모델은 9 등신입니다.

ceo.mo.de.leun.ku.deung.si.nim.ni.da

那個模特兒是九頭身。

解說 모델：模特兒

解說 9 등신 :9 頭身

## 첫인상 어땠어요？

cheot.in.sang.eo.ttae.sseo.yo

第一印象怎麼樣？

解說 첫인상：第一印象

## 너 거울 안 봐？

neo.keo.ul.an.bwa

你不照鏡子的嗎？

## 다들 나 보고 동안이래.

ta.deul.na.po.go.tong.a.ni.lae

大家都說我是童顏。

補充 노안：老臉

## 요즘 살쪘니?

yo.jeum.sal.jjyeot.ni

**你最近胖了嗎?**

解說 살찌다:發胖

補充 살이 빠지다:變瘦

## 내일부터 다이어트하자.

nae.il.bu.teo.ta.i.eo.teu.ha.ja

**明天開始減肥吧。**

解說 다이어트하다:減肥、以減肥為目的的節食

## 3 整形

### 저 쌍꺼풀밖에 안 했거든요.

ceo.ssang.kkeo.pul.ppa.ge.an.haet.geo.deu.nyo

我只有雙眼皮是整的。

解說 쌍꺼풀：雙眼皮

#### 가 韓國滿街都是整形美女？

這句話可能有點太誇張，但充分說明了韓國人整形的比例之高。韓國人對外貌相當注重，也因此想透過整形手術讓生活、職場更順遂的人也越來越多。而說到韓國人原本的外貌，其實並非都像偶像團體那樣濃眉大眼，大部分都還是單眼皮、小眼睛，所以像是雙眼皮手術在韓國已經算是很普遍的小手術。除此之外，周邊也有很多韓國人動了削骨、隆鼻手術，不過有趣的是，有些人不好意思說自己隆了鼻，會推說是自己不小心撞斷了鼻樑，開刀治療的同時也一起墊了鼻子。這種時候就一笑帶過，別再繼續追究了。

### 어디서 성형하셨어요？

eo.di.seo.seong.hyeong.ha.syeo.sseo.yo

你在哪裡整形的？

解說 성형：整形

## 너 돈 벌었다.

neo.ton.peo.leot.da

你賺了錢呢。

※ 意思是不用整型也有天生的好外表，已經省下了整形這筆錢。

## 최고의 성형은 다이어트래요.

choe.go.e.seong.hyeong.eun.ta.i.eo.teu.lae.yo

最棒的整形就是減肥。

## 그 여자 얼굴 다 고친 거래.

keu.yeo.ja.eol.gul.ta.ko.chin.geo.lae

那個女人的臉都是整的。

解說 고치다：修改（延伸為整形之意）

## 코 진짜야?

ko.jin.jja.ya

鼻子是真的嗎？

## 눈 정말 자연스럽다.

nun.ceong.mal.ca.yeon.seu.leop.da

眼睛好自然呢。

## 4 化妝

### 오늘 화장이 다 떴어요.

o.neul.hwa.jang.i.ta.tteo.sseo.yo

今天的妝都花了。

解說 화장：化妝

補充 메이크업：化妝

### 화장이 잘 먹네요.

hwa.jang.i.cal.meok.ne.yo

化妝非常服貼呢。

### 이 쿠션은 내 얼굴이랑 잘 안 맞아요.

i.ku.syeo.neun.nae.eol.gu.li.lang.jal.an.ma.ja.yo

這個氣墊粉餅不太適合我的臉。

### 내 파운데이션이 너무 건조했나 봐.

nae.pa.un.de.i.syeo.ni.neo.mu.keon.jo.haet.na.bwa

我的粉底好像太乾了。

## 눈썹도 조금 정리해 주시면 안 될까요?

nun.sseop.do.jo.geum.ceong.li.hae.ju.si.myeon.an.doel.kka.yo

我的眉毛也可以幫我修一下嗎？

## 이걸로 화장을 지우는 건가요?

i.geol.lo.hwa.jang.eul.ji.u.neun.geon.ga.yo

是用這個卸妝的嗎？

## 쌩얼도 예쁜데.

ssaeng.eol.do.ye.ppeun.de

素顏也很美呢。

解說 쌩얼：素顏

補充 쌩얼 메이크업：素顏妝

### 가 韓國女生很少素顏見人

在台灣，很容易就可以在路上看到素顏的女生，不管是學生還是上班族，都對於素顏這件事感到很自在。但走在韓國路上，幾乎看不到完全素顏的女生，對她們來說，化妝就是一種基本的禮貌跟尊重，提升自己的外表，同時也是提升自己的競爭力。像是國中以上的學生都會帶著基本妝容出門，就連小學生都會開始學擦口紅，甚至韓國大媽要出門買菜都會稍微上點妝。如果真的要她們不上妝出門，有些人就會戴上帽子或口罩，寧願遮遮掩掩的，也不願以素顏示人。

**요즘은 자연스러운 속눈썹이 유행이에요.**

yo.jeu.meun.ca.yeon.seu.leo.un.sok.nun.sseo.bi.yu.haeng.i.e.yo

**最近流行自然的眼睫毛。**

解說 속눈썹：睫毛

**발색도 잘 되고 밀착력도 좋아.**

pal.saek.do.cal.toe.go.mil.chak.lyeok.coh.a

**很顯色又服貼。**

**다 화장발이야.**

ta.hwa.jang.ba.li.ya

**都是靠化妝的。**

解說 화장발：化妝效果

**이건 한 듯 안 한 듯한 화장이야.**

i.geon.han.deut.an.han.deu.tan.hwa.jang.i.ya

**這是若有似無的妝感。**

# 5 穿搭

## 올 겨울엔 롱패딩이 유행이야.

ol.gyeo.u.len.long.pae.ding.i.yu.haeng.i.ya

今年冬天流行長版羽絨外套。

### 가 韓國人很愛穿長版羽絨外套

由於韓國的冬天很冷，氣溫降到零下是很常見的事。長版羽絨外套的長度一般來說都到小腿左右，所以除了夠保暖之外，還可以保護到下半身不受寒風吹襲。冬天走在韓國路上，都可以看到許多人穿著長版羽絨外套出門。2018 年舉辦的平昌冬季奧運也推出了自己的長版羽絨外套，一開賣就搶購一空，可見這種外套在韓國的人氣之高。

## 너 옷차림이 이게 뭐야?

neo.ot.cha.li.mi.i.ge.mwo.ya

你衣服怎麼穿成這樣？

解說 옷차림：穿著打扮

## 너 옷 입는 센스가 있다.

neo.ot.im.neun.sen.seu.ga.it.da

你穿衣服很有 SENSE。

**패션 좀 아는 친구네.**

pae.syeon.jom.a.neun.chin.gu.ne

這位朋友懂點時尚呢。

**이 바지 너무 촌스러운 거 아니야?**

i.pa.ji.neo.mu.chon.seu.leo.un.geo.a.ni.ya

這件褲子不會太俗氣了嗎？

解說 촌스럽다：俗氣

**패션의 완성은 얼굴이야.**

pae.syeon.e.wan.seong.eun.eol.gu.li.ya

時尚的完成度在於臉。

※ 簡稱「패완얼」。

**옷 진짜 잘 입어요.**

ot.cin.jja.cal.i.beo.yo

真的很會穿衣服。

외型篇

## 옷걸이가 좋아서 아무 옷이나 잘 어울려요.

ot.geo.li.ga.co.a.seo.a.mu.o.si.na.cal.eo.ul.lyeo.yo

**衣架子穿什麼都好看。**

解說 옷걸이：衣架

# chapter 4

# 吃喝玩樂篇

# 1 點餐



## 주문 도와 드리겠습니다.

ju.mun.to.wa.teu.li.get.sseum.ni.da

**您可以點餐了。**

解說 주문하다：訂購

## 메뉴 좀 볼 수 있을까요？

me.nyu.jom.bol.su.i.sseul.kka.yo

**可以看一下菜單嗎？**

解說 메뉴：菜單

## 중국어 메뉴 있나요？

jung.gu.geo.me.nyu.it.na.yo

**有中文菜單嗎？**

### 가 韓國餐廳說中文也會通

韓國為了發展華語圈的觀光，觀光景點的餐廳大部分都有會說中文的店員，有些還會有繁簡中文的菜單，對華語圈的觀光客來說非常方便。

메뉴 결정되시면 불러 주세요.

me.nyu.kyeol.jeong.doe.si.myeon.bul.leo.ju.se.yo

決定好要點什麼再叫我。

드시고 가실 건가요? 가져가실 건가요?

teu.si.go.ka.sil.geon.ga.yo.ka.jyeo.ga.sil.geon.ga.yo

您要內用還是外帶呢？

여기서 먹고 가요.

yeo.gi.seo.meok.kko.ka.yo

我要內用。

닭갈비 2 인분 주세요.

tag.kkal.bi.i.in.bun.ju.se.yo

請給我兩人份的辣炒雞排。

解說 닭갈비：辣炒雞排

## 가 一個人吃飯

來到韓國會發現：想要自己一個人吃大餐還真不容易。尤其是五花肉、辣炒雞排這種餐廳，一人用餐的限制很多，有些店家甚至會要求點餐必須是以兩～三人份起跳，對獨自用餐的人來說相當不友善。不過近年來獨自用餐的人越來越多，餐廳也漸漸放寬限制。例如有的餐廳推出個人套餐，也有店家會直接在門口寫上「可以一個人用餐（1 인 식사 가능）」，藉此歡迎獨自用餐的客人入內消費。



### 덜 맵게 해 주세요.

teol.maep.kke.hae.ju.se.yo

**請幫我做成比較不辣的。**

### 치즈 추가해 주세요.

chi.jeu.chu.ga.hae.ju.se.yo

**請幫我加起司。**

解說 치즈：起司

### 햄버거 단품으로 주세요.

haem.beo.geo.tan.pu.meu.lo.ju.se.yo

**我要單點漢堡。**

## 가 速食店無人點餐機

最近韓國的速食店廣設無人點餐機，除了操作相當便利之外，介面還分成韓文與英文，對不懂韓文的外國人來說是一大福音，可以免去跟店員比手畫腳的尷尬場面。



**밥은 따로 시켜야 해요?**

pa.beun.tta.lo.si.kyeo.ya.hae.yo

**飯要另外點嗎？**

**밥 한 공기 주세요.**

pap.han.gong.gi.ju.se.yo

**給我一碗白飯。**

**이거 다섯 개만 포장해 주세요.**

i.geo.ta.seot.gae.man.po.jang.hae.ju.se.yo

**這幫我打包 5 個。**

# 2 餐廳用餐

## 혹시 여기 물티슈 있나요?

hok.ssi.yeo.gi.mul.ti.syu.it.na.yo

這裡有濕紙巾嗎？

## 콜라 리필 해 주세요.

kol.la.li.pil.hae.ju.se.yo

我的可樂要續杯。

解說 리필：續杯

## 여기 반찬 더 주세요.

yeo.gi.pan.chan.teo.ju.se.yo

請再多給我們一點小菜。

### 가 韓式小菜

韓國的家常小菜種類非常多，除了大家熟悉的泡菜（김치）之外，還有醃蘿蔔（깍두기）、韓式醬煮蛋（계란장조림）... 等等，吃飯時間只要從冰箱拿出各式小菜配上白飯，就是很豐盛的一餐了。鄉下地方的小菜通常都是媽媽們自己親手準備，但如果是比較沒有時間自己下廚的人，傳統市場也有專門販賣韓式小菜的店家，最近還發展出線上訂購小菜送到家的服務，非常方便。

## 이모, 여기 물 좀 주세요.

i.mo yeo.gi.mul.jom.ju.se.yo

阿姨，麻煩給我們水。

## 물은 셀프예요.

mu.leun.sel.peu.ye.yo

水是自取的。

**解說** 셀프：自助、自行

## 사이다는 서비스예요.

sa.i.da.neun.seo.bi.seu.ye.yo

雪碧請你們喝。

## 고기 구워 주시나요?

ko.gi.ku.wo.ju.si.na.yo

肉會幫我們烤嗎？

## 불판 좀 갈아 주세요.

pul.pan.jom.ka.la.ju.se.yo

請幫我們換烤盤。

**解說** 불판：烤盤

## 3 家中用餐

### 밥 언제 먹어요?

pap.eon.je.meo.keo.yo

什麼時候吃飯?

### 얼른 손 씻고 밥 먹어요.

eol.leun.son.ssit.kko.pam.meo.keo.yo

快點洗手過來吃飯。

解說 얼른:趕快

### 밥 다 됐어요.

pap.ta.twea.sseo.yo

飯已經煮好了。

### 밥 풀게요.

pap.pul.kke.yo

我來盛飯。

解說 밥을 푸다:盛飯

## 잘 먹겠습니다 .

cal.meok.kket.sseum.ni.da

我要開動了。

## 많이 먹어요 .

ma.ni.meo.keo.yo

多吃一點。

## 잘 먹었습니다 .

cal.meo.keot.sseum.ni.da

我吃飽了。

## 간 맞아요 ?

kan.ma.ja.yo

味道還可以嗎？

解說 간：鹹淡

## 라면 다 붇겠다 .

la.myeon.ta.put.get.da

泡麵快要泡爛掉了。

解說 붇다：膨脹（泡在水中）

※ 口語上會有人將「라면 붇다」說成是「라면 불다」，實際上「라면 붇다」才是正確用法。

吃喝玩樂篇

## 너무 더워서 입맛이 없어요.

neo.mu.teo.wo.seo.im.ma.si.eob.sseo.yo

**太熱了，沒有胃口。**

解說 입맛이 없다：沒胃口

# 4 叫外送

## 배달시켜 먹을까요?

pae.dal.si.kyeo.meo.keul.kka.yo

要不要叫外送來吃？

**解說** 배달：配送

### 가 韓國的外送

韓國的外送很有名，不管是炸雞還是中華料理都能外送，甚至連冰淇淋都有外送服務。而韓國的外送人員也非常厲害，就算你人在漢江或其他沒有住址的地方，一樣可以叫外送。只要你打電話時指出所在的地點，外送人員都會使命必達。甚至因為太多人都在漢江邊叫外送，漢江公園更直接設置了外送點（배달존），讓外送員跟客人可以更方便取餐。

## 치킨 어때?

chi.kin.eo.ttae

炸雞怎麼樣？

## 지금 배달 되나요?

ji.geum.pae.dal.toe.na.yo

現在可以外送嗎？

## 시간 얼마나 걸릴까요?

si.gan.eol.ma.na.keol.lil.kka.yo

會花多久時間呢？



## 쿠폰으로 계산할게요.

ku.po.neu.lo.kye.san.hal.kke.yo

我要用優惠券結帳。

## 출발하셨나요?

chul.bal.ha.syeot.na.yo

已經出發了嗎？

## 5 結帳



### 선불이에요.
seon.bu.li.e.yo

請先付款喔。

解說 선불：預付

### 결제 도와 드리겠습니다.
kyeol.je.to.wa.teu.li.get.sseum.ni.da

我幫您結帳。

### 여기 카드 되나요?
yeo.gi.ka.deu.toe.na.yo

這裡可以刷卡嗎？

### 카드로 결제할게요.
ka.deu.lo.kyeol.je.hal.kke.yo

我要用信用卡結帳。

## 저희는 현금만 받습니다.

ceo.hui.neun.hyeon.geum.man.pat.sseum.ni.da

我們只接受現金。

## 할인 있나요?

ha.lin.it.na.yo

有打折嗎？

## 포인트 카드 있으세요?

po.in.teu.ka.deu.i.seu.se.yo

您有集點卡 / 會員卡嗎？

### 가 韓國會員卡

韓國的會員很少會另外發放實體會員卡，通常是用會員自己的電話號碼就能認證。所以結帳時如果要累積點數，可以跟店員說要輸入手機號碼，並在信用卡簽名的機器上，輸入自己的電話號碼就能確認會員身分，直接累積點數了。

## 현금 영수증 필요하세요?

hyeon.geum.yeong.su.jeung.pi.lyo.ha.se.yo

需要給您現金收據嗎？

### 가 現金收據

買東西的時候，如果是付現金，店員會問需不需要現金收據（현금 영수증），這是因為韓國納稅人在消費一定金額之後，會在年底清算的時候退回一部分的稅金，算是納稅人的一種福利。



## 봉투 필요하세요?

pong.tu.pi.lyo.ha.se.yo

**需要袋子裝嗎？**

解說 봉투：信封；袋子

## 일시불로 해 주세요.

il.si.bul.lo.hae.ju.se.yo

**我要一次付清。**

解說 일시불：一次付清

## 3 개월 할부로 해 주세요.

sam.gae.wol.hal.bu.lo.hae.ju.se.yo

**請幫我分期三個月。**

解說 할부：分期付款

# 6 購物

## 가성비 좋다!

ka.seong.bi.co.ta

CP 值不錯!

解說 가성비 :CP 值



## 천천히 구경하세요.

cheon.cheon.ni.ku.gyeong.ha.se.yo

慢慢看。

## 필요하시면 불러 주세요.

pi.lyo.ha.si.myeon.pul.leo.ju.se.yo

有需要再叫我。

## 신발 사이즈가 어떻게 되세요?

sin.bal.sa.i.jeu.ga.eo.tteoh.ke.toe.se.yo

您鞋子是穿幾號的呢?

## 이백삼십이에요.

i.baek.sam.si.bi.e.yo

我穿 23 號的。

### 가 韓國的鞋子尺寸

韓國跟台灣一樣，鞋子大部分都會用日本的尺寸標示法，但在口語上的說法卻不太一樣。韓國會省略小數點，直接進一位。例如尺寸 23.5 的鞋子，在韓國要說 235( 이백삼십오 )，店員才聽得懂你要的尺寸。



## 한번 입어 보실래요 ?

han.beon.i.beo.po.sil.lae.yo

**要不要試穿看看呢 ?( 衣服 )**

解說 입다 : 穿

## 신어 봐도 되나요 ?

si.neo.bwa.do.toe.na.yo

**可以試穿看看嗎 ?( 鞋子 )**

解說 신다 : 穿 ( 襪子、鞋子 )

## 한 사이즈 큰 거로 주세요 .

han.sa.i.jeu.keun.geo.lo.ju.se.yo

**尺寸請給我大一號的。**

## 종류별로 하나씩 다 주세요.

jong.lyu.byeol.lo.ha.na.ssik.ta.ju.se.yo

每一種都給我來一個吧。

## 어떤 거 찾으세요?

eo.tteon.geo.cha.jeu.se.yo

您要找什麼呢？

## 신상은 이쪽으로 오세요.

sin.sang.eun.i.jjo.keu.lo.o.se.yo

要看新商品請往這邊走。

解說 신상：商品（신상품的縮寫）

## 새거 있나요?

sae.geo.it.na.yo

有新的嗎？

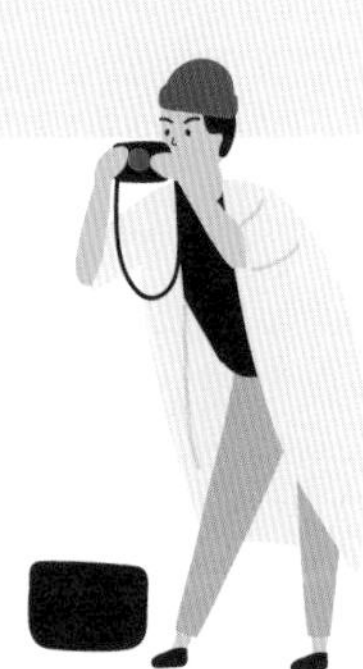

## 7 交通



### 택시 타고 가.

taek.si.ta.go.ka

你搭計程車去吧。

### 한 번에 가는 버스 있어요?

han.beo.ne.ka.neun.beo.seu.i.sseo.yo

有可以直達的公車嗎？

### 카드에 잔액이 부족합니다.

ka.deu.e.can.ae.ki.bu.jo.kam.ni.da

卡的餘額不足。

**解說** 잔액：餘額

### 입석밖에 안 남았어요.

ip.sseok.ppa.ke.an.na.ma.sseo.yo

只剩下站票了。

**解說** 입석：站票；站位

**補充** 좌석：坐票；座位

## 이번 역에서 환승해야 돼.

i.beon.yeo.ke.seo.hwan.seung.hae.ya.dwae

**必須在這一站換車。**

## 반대 방향 버스를 탔어요.

pan.dae.pang.hyang.beo.seu.leul.ta.sseo.yo

**搭到反方向的公車了。**

### 가 搭到反方向了

如果台灣搭到了反方向的捷運，只要下車後走到對面，通常就可以重新搭乘。但如果是在韓國搭到不同方向的地鐵，或是下錯了站，有可能就需要按鈴向地鐵人員說明狀況，出站後再重新刷卡搭乘。所以每次刷卡進站時，最好都再次確認月台的路線方向是否正確。

## 지하철역 6 번 출구로 나가시면 됩니다.

ji.ha.cheol.yeok.yuk.beon.chul.gu.lo.na.ga.si.myeon.doem.ni.da

**從地鐵的六號出口出去就可以了。**

## 8 機場

### 너 여권 챙겼어？

neo.yeo.gwon.chaeng.gyeo.sseo

**你護照帶了嗎？**

解說 여권：護照

解說 챙기다：收拾

### 가방에 노트북이나 태블릿이 있나요？

ka.bang.e.no.teu.bu.ki.na.tae.beul.li.si.it.na.yo

**包包裡有筆電或平板嗎？**

解說 노트북：筆電

解說 태블릿：平板

### 자동출입국 심사를 이용하세요.

ja.dong.chu.lip.kkuk.sim.sa.leul.i.yong.ha.se.yo

**請使用自動通關。**

### 가 台灣人也可以申請韓國自動通關

2018 年起台灣人也可以在韓國國內免費申請自動通關，對於經常往返台韓兩地的人可以說是相當方便。凡是年滿 17 歲以上的台灣旅客，抵達韓國後先以人工審查入境，攜帶護照至申辦地點完成相關手續即可，在韓國各大國際機場以及市區的某些特定地點皆可申請。

## 어떤 비자로 들어오신 거에요？

eo.tteon.pi.ja.lo.teu.leo.o.sin.geo.e.yo

**你是用什麼簽證入境的？**

解說 비자：簽證

## 대한항공 카운터는 어디에 있어요？

tae.han.hang.gong.ka.un.teo.neun.eo.di.e.i.sseo.yo

**大韓航空的櫃台在哪裡？**

解說 카운터：櫃台

## 몇 시부터 티켓팅 할 수 있어요？

myeot.si.bu.teo.ti.ket.ting.hal.su.i.sseo.yo

**幾點可以開始報到？**

解說 티켓팅：售票；開票

## 공항철도를 타려면 어디로 가야 해요?

kong.hang.cheol.do.leul.ta.lyeo.myeon.eo.di.lo.ka.ya.hae.yo

**要去哪裡搭機場鐵路?**

**解說** 공항철도:機場鐵路

## 공항 주변에 숙소가 있나요?

kong.hang.ju.byeo.ne.suk.sso.ga.it.na.yo

**機場附近有可以住宿的地方嗎?**

**解說** 숙소:住處

## 탑승 시간은 12 시입니다.

tap.sseung.si.ga.neun.yeol.du.si.im.ni.da

**搭機時間是 12 點整。**

## 9 其他



**차가 막혔어요.**

cha.ga.ma.kyeo.sseo.yo

塞車了。

**월요일은 교통이 복잡할 것 같아요.**

wo.lyo.i.leun.kyo.tong.i.pok.ja.pal.geot.ga.ta.yo

禮拜一的交通好像會很混亂。

解說 교통이 복잡하다：交通混亂

**오늘 학교 앞에서 교통사고가 났어.**

o.neul.hak.kkyo.a.pe.seo.kyo.tong.sa.go.ga.na.sseo

今天學校前面發生車禍了。

**뺑소니범을 잡았어요?**

ppaeng.so.ni.beo.meul.ca.ba.sseo.yo

抓到肇事逃逸的犯人了嗎？

解說 뺑소니：肇事逃逸

## 현장 목격자가 나타났어요.

hyeon.jang.mok.kkyeok.ja.ga.na.ta.na.sseo.yo

出現現場目擊者了。

**解說** 목격자：目擊者

## 음주운전 하지 마요.

eum.ju.un.jeon.ha.ji.ma.yo

不要酒後駕車。

## 응급차 불렀어요.

eung.geup.cha.pul.leo.sseo.yo

已經叫救護車了。

**解說** 응급차：救護車

## 10 生日派對



**생일 축하합니다 !**

saeng.il.chu.ka.ham.ni.da

生日快樂！

**빨리 초 불어 .**

ppal.li.cho.bu.leo

快吹蠟燭。

**소원 뭘 빌었어 ?**

so.won.mwol.pi.leo.sseo

你許了什麼願望？

解說 소원：心願

**생일인데 미역국은 먹어야지 .**

saeng.i.lin.de.mi.yeok.kku.keun.meo.keo.ya.ji

生日當然要喝海帶湯囉。

### 가 生日要喝海帶湯

韓國人生日當天早上都會來一碗海帶湯，這是因為韓國婦女生產完後，都會喝富含營養的海帶湯補身體。而為了感念母親生產的辛苦，韓國人生日當天都會喝海帶湯來慶生。



## 오늘은 내 30 번째 생일이다 .

o.neu.leun.nae.seo.leun.ppeon.jjae.saeng.i.li.da

**今天是我第 30 個生日。**

解說 서른 :30（純韓文數字）

## 생일파티 하러 가자 .

saeng.il.pa.ti.ha.leo.ka.ja

**去開個生日派對吧。**

## 생일주 만들어 줄게 .

saeng.il.ju.man.deu.leo.jul.kke

**我幫你做生日酒。**

## 가 生日的另一樣驚喜

韓國的生日派對上，朋友們除了生日禮物、蛋糕之外，還會準備特別的生日酒（생일주）。不過生日酒（생일주）並不是一般的酒，而是將派對上看得到的酒類、食物都放到某一個碗裡面，攪拌後讓壽星一口喝下，以表示祝福的心意。但好不好喝就要看朋友們的良心了，通常朋友們為了讓生日酒成為一個有趣的橋段，會極盡所能地弄出最噁心的生日酒，據說還有放襪子到酒裡面的，也算是另一種慶生樂趣吧。

## 생일 선물 뭐 받고 싶어?

saeng.il.seon.mul.mwo.pat.go.si.peo

**想收到什麼生日禮物？**

# 11 喝酒

## 한잔하자 .

han.jan.ha.ja

**喝一杯吧。**

## 술 확 깨네 .

sul.hwak.kkae.ne

**酒突然醒了。**

解說 확：猛然、一下子

## 2 차 갈래 ?

i.cha.kal.lae

**要去續攤嗎？**

### 가 韓國續攤文化

韓國人聚餐時很喜歡變換場所，也通常會續到二～三攤。

例如第一攤是單純吃飯，第二攤換到酒吧或咖啡廳，第三攤則改到 KTV 唱歌。特別是公司的聚餐，除非真的有重要的事情必須提前離席，否則都是要等到第二攤或第三攤的時候才能夠離開。

## 주량이 늘었어요.

ju.lyang.i.neu.leo.sseo.yo

**酒量變好了。**

解說 주량：酒量

## 우리 술 게임 할까?

u.li.sul.ge.im.hal.kka

**我們要不要玩酒遊戲？**

### 가 韓國無酒不歡

韓國是一個很愛喝酒的國家，燒酒就跟水一樣便宜，難過就要喝酒、心情好也要喝酒，由於無時無刻都要喝酒，也因此發展出一些非常有趣的酒遊戲。

像是最基本的燒酒瓶蓋遊戲（병뚜껑 게임），遊戲方式就是把瓶蓋邊緣捲成一直線，每個人輪流彈一下，彈斷的人就算輸，需要罰喝一杯燒酒。

## 숙취 때문에 머리가 너무 아파.

suk.chwi.ttae.mu.ne.meo.li.ga.neo.mu.a.pa

**宿醉害我頭好痛。**

解說 숙취：宿醉

## 흑기사 할래?

heuk.kki.sa.hal.lae

**要當黑騎士嗎？**

### 가 黑騎士

在韓劇中看到喝酒片段，常常會聽到黑騎士（흑기사）這個單字。

是指女生在酒席上若不會喝酒，可以請男生代喝，這個代喝的男生就被稱為黑騎士（흑기사）。相反地，如果是女生代喝，就稱之為黑玫瑰（흑장미）。

## 맥주 아니면 소주?

maek.ju.a.ni.myeon.so.ju

**要喝啤酒還是燒酒？**

## 폭탄주 만들 줄 알아?

pok.tan.ju.man.deul.jul.a.la

**你會做炸彈酒嗎？**

## 전 술 잘 못 마셔요.

ceon.sul.cal.mot.ma.syeo.yo

**我不太會喝酒。**

## 비 오는 날엔 막걸리죠.

pi.o.neun.na.len.mak.geol.li.jyo

**下雨天當然要喝馬格利酒。**

### 가 下雨天要喝馬格利酒

韓國人遇到下雨天，自然而然會想起「煎餅」與「馬格利酒」的組合，對他們來說，下雨天吃這兩樣東西格外美味。但為什麼下雨天要吃「煎餅」配「馬格利酒」呢？關於這個的由來是眾說紛紜，有人說是農耕社會留下來的習慣，也有人說是因為下雨天的雨聲很像煎煎餅的聲音。

## 제가 주사가 조금 있어요.

ce.ga.ju.sa.ga.jo.geum.i.sseo.yo

**我有點會發酒瘋。**

解說 주사：酒瘋

## 제가 한잔 드리겠습니다.

ce.ga.han.jan.teu.li.ge.sseum.ni.da

**我敬您一杯。**

### 가 喝酒也要注重禮儀

韓國輩分觀念根深蒂固，就連在酒席上也不能疏忽禮儀。例如跟長輩喝酒的時候，千萬不能單手幫對方倒酒，一定要右手拿著瓶子，左手輕扶右手的衣袖，以示尊重。除此之外，由於長幼有序的觀念，長輩必須先喝酒，晚輩才能接著喝，而且必須側過身去喝，表示對長輩或位高者的敬意。

## 12 旅行

### 호텔 예약했어.

ho.tel.ye.ya.kae.sseo

**訂好飯店了。**

解說 호텔：飯店

### 여기도 필수 여행코스야.

yeo.gi.do.pil.su.yeo.haeng.ko.seu.ya

**這裡也是必遊景點。**

### 다들 엠티 어디로 가요?

ta.deul.em.ti.eo.di.lo.ka.yo

**大家 MT 都去哪裡？**

#### 가 MT 是什麼

韓國綜藝節目、韓劇常常聽到「MT」這個詞。而日常生活中，也會聽到大學生說要參加 MT。「MT」是「Membership Training」的縮寫，簡單來說就是大家一起出去玩的活動。通常是指韓國的大學、系所舉辦的活動，類似宿營一樣，一群人前往其他地區遊玩。

## 신혼여행 갔다 오신 지 얼마 안 됐죠?

sin.hon.yeo.haeng.kat.da.o.sin.ji.eol.ma.an.dwaet.jyo

**你剛從蜜月旅行回來沒多久吧？**

解說 신혼：新婚

補充 허니문：蜜月

## 제주도 여행 계획 다 짰어요.

je.ju.do.yeo.haeng.kye.hoek.da.jja.sseo.yo

**濟州島的旅遊行程都排好了。**

## 캠핑해 보셨어요?

kaem.ping.hae.bo.syeo.sseo.yo

**你有露營過嗎？**

解說 캠핑：露營

# 13 其他

## 오늘은 불금이다 .

o.neu.leun.pul.geu.mi.da

**今天是火熱的禮拜五。**

解說 불금：火熱的禮拜五（불타는 금요일的縮寫）

### 가 火熱的禮拜五（불타는 금요일）

上班族經歷了一個禮拜痛苦的上班時光之後，只要禮拜五一下班，整個週末都可以盡情玩樂。也因此苦悶的上班族們就將禮拜五這一天，稱之為火熱的禮拜五（불타는 금요일）。

## 화투 한판 칠까 ?

hwa.tu.han.pan.chil.kka

**要不要打一場花牌？**

### 가 花牌（화투）

花牌是韓國傳統的遊戲，一開始是從日本傳到韓國，並經過改良之後，成為了韓國最普遍的遊戲之一。韓國電影《老千》中的演員們，各個將花牌玩得讓人目不轉睛、精彩萬分。

而現實生活中的韓國人在逢年過節時，也都會聚集在一起玩花牌，就像台灣人在過年會玩麻將跟大老二是一樣的意思。

## 눈치 게임 어떻게 해요?

nun.chi.ge.im.eo.tteoh.ke.hae.yo

**眼色遊戲怎麼玩？**



### 가 眼色遊戲（눈치 게임）

這個遊戲在各大韓國綜藝節目中常常出現，不用任何道具，隨時隨地都可以玩。簡單來說，幾個人聚在一起後，開始依序報數，如果中間有人喊到同一個數字，那就算輸了。

## 딱지 접어줘.

ttak.ji.ceo.beo.jwo

**幫我折畫片。**

### 가 畫片（딱지）

說到玩畫片就不得不提到《Running man》，每次看到成員們拿著小小的畫片對決時，都好想自己也來動手做一個。其實折畫片的方法很簡單，只要拿紙照著一定的步驟製作，就能夠做出屬於自己的畫片。規則也不難，在地上放一個畫片，並用自己的畫片將地上畫片擊打到翻面，即可獲得勝利。

memo

# chapter 5

# 網路篇

# 1 流行語

## 낄끼빠빠

kkil.kki.ppa.ppa

### 知分寸、懂進退

解說 낄끼빠빠：「낄 때 끼고 빠질 때 빠져라」的縮寫，指該參與的時候參與、該退出的時候就退出



**가 縮寫流行語**

韓國年輕人很喜歡將句子或比較長的單字縮寫，變成一個新的流行語。例如：「아이스 아메리카노（冰美式咖啡）」取兩個單字的第一個字，簡稱為아아。又或者是我們常聽到的훈남（暖男），其實也是훈훈한 남자的縮寫。

## 워라벨

wo.la.bel

### 生活與工作平衡

解說 워라벨：「work and life balance」的縮寫

**가 生活與工作平衡**

這句是韓國的上班族間流行的句子，指工作要與私生活相互平衡，別讓工作佔據了人生的意思。韓國的工作壓力大、工時長，這已是眾所皆知的問題。而近來韓國政府為此已開始規劃縮短工時、彈性工時、提高薪資……等政策，誓言要替韓國的勞工們改善工作環境，達到生活與工作平衡的目標。

## 노잼!

no.jaem

**無趣！**

解說 노잼：英文的「no」與「재미（樂趣）」組合成的單字，指無趣

補充 핵노잼：超無趣

補充 노잼녀：無趣女

網路篇

## 칼업뎃이네!

kal.eop.de.si.ne

**更新超快的！**

解說 업데：업데이트的縮寫，指更新。

## 맛점해요.

mat.jeom.hae.yo

**好好享用午餐吧。**

解說 맛점：好吃的午餐（맛있는 점심的縮寫）

補充 맛저：好吃的晚餐（맛있는 저녁的縮寫）

## 꿀잠 하세요.

kkul.jam.ha.se.yo

**晚安。**

### 가 蜂蜜睡眠？

꿀是蜂蜜，而잠則是睡眠的名詞，照字面上翻譯是蜂蜜睡眠，也就是指睡得像蜂蜜一樣甜的意思。而名詞前面加上꿀（蜂蜜）的用法在韓國很常見，就當成是非常好的～的意思就可以了。例如將꿀（蜂蜜）與재미（樂趣）組合，就是「非常有趣（꿀잼）」。還有「꿀팁」，是꿀（蜂蜜）與팁 (Tip) 的組合，就是很有用的提示、建議的意思。



## 이거 실화냐？

i.geo.si.lwa.nya

**這是真的嗎？**

解說 실화：真實事件

### 가 這是真的嗎？( 이거 실화냐？)

這句話不管是在社群軟體或是電視上都很常見，通常是在不可思議的情況下問이거 실화냐？( 這是真實事件嗎？)，來表達自己的驚訝。應用的範圍也很廣泛，例如店家販賣的價格過於便宜，或是天氣降到零下十幾度時，也可以說이 날씨 실화냐？( 這天氣是真實的嗎？)。

## 이거 레알

i.geo.le.al

**這是真的**

※ 也可以簡寫成ㅇㄱㄹㅇ

### 가 韓國年輕人的火星文 - 급식체

「급식체」的급식是學校伙食、체是體的意思，意指還在吃學校伙食的學生們（國小～高中生）使用的語體，而這個語體的文法及用法很奇異，就像是台灣人的火星文。由於這個韓國的火星文之中，有大量的縮寫與各種奇奇怪怪的句型，所以一般人很難一次就聽懂意思，甚至韓國電視節目《SNL Korea》還特別推出《급식체特別講座》，惡搞這個新興的韓國火星文。

網路篇

## 인정? 어 인정.

in.jeong. eo.in.jeong

**認同？嗯，認同。**

## 동의? 어 보감.

dong.ui. eo.bo.gam.

**同意？嗯，寶鑑。**

### 가 韓國火星文（급식체）又一例

「동의? 어 보감.」也是韓國火星文（급식체）的一種。

韓國有本朝鮮醫學著作《東醫寶鑑（동의보감）》，而其中「東醫」又與「同意」的發音相同，因此延伸出了這句新流行語。

有點類似台灣「無言薯條」的造詞方法。

## 헐

heol

**我暈倒。**

※ 表示驚訝。

網路篇

## 대박

tae.bak

**超厲害。**

## 짼다

jjeon.da

**很厲害、太狂了。**

## 짱이다

jjang.i.da

**這超讚。**

### 가 補充

쩐다、대박、짱很難用中文翻成一個意思，因為這類單字隨著情況不同，可能有好有壞，但都是用在表達很厲害、驚嘆、誇張的狀況。

## 나 지금 멘붕 상태야.

na.ji.geum.men.bung.sang.tae.ya

**我現在是崩潰狀態。**

解說 멘붕：精神崩潰

## 노답.

no.dap

**無解。**

解說 노답：英文的「no」加上韓文的「답（答案）」，組合起來意指無解

## 오늘도 존잘.

o.neul.do.jon.jal

**今天也超帥。**

### 가 外國人最好別用的流行語

韓國年輕人常常會用到以존開頭的존잘（超帥）、존예（超美）等詞彙，看起來就只是正常的流行語，表示「非常、很～」，但由於존的原本寫法是男性生殖器的意思，如果翻得比較貼近台灣用語的話，就會變成屌帥、屌美這種聽起來並不文雅的詞彙。這種用法甚至還曾被韓國人選為「聽起來不舒服的流行語」之一，所以儘管韓國時下年輕人之間很流行，外國人還是少用為妙。

## 다들 모쏠에서 탈출할 수 있습니다!

ta.deul.mo.sso.le.seo.tal.chu.lal.su.it.sseum.ni.da

**大家都可以脫單的！**

解說 모쏠：從來沒交過男女朋友的人（모태솔로（母胎單身）的縮寫）



## 오늘도 혼밥이세요?

o.neul.do.hon.ba.bi.se.yo

**今天也是自己一個人吃飯嗎？**

### 가 自己一個人嗎？

韓國現在越來越多人享受獨自一人的時間，也因此延伸出了這個流行語「혼 ~(自己一個人 ~)」。例如這句的혼밥（自己一個人吃飯）就是「혼자」+「밥」的組合。延伸用法還有像是혼술（自己一個人喝酒）、혼클（自己一個人去夜店）、혼놀（自己一個人玩）等等。

## 진심 핵사이다!

jin.sim.haek.sa.i.da

**簡直痛快人心！**

## 가 像汽水一樣超爽快

「사이다」原本是汽水的意思，後來延伸為形容心情像喝了汽水一樣暢快，是近幾年的流行語之一。相反意思的有고구마（番薯）、고답이（鬱悶番薯），是指像吃了番薯一樣，讓人覺得很煩悶。

## 2 網路相關



### 영화 다운받아 놨으니까 심심하면 봐.

yeong.hwa.da.un.ba.da.nwa.sseu.ni.kka.sim.sim.ha.myeon.pwa

**電影已經載好了，無聊的話可以看一下。**

解說 다운을 받다：下載（非正式用語）

補充 다운로드 :download，指下載

업로드 :upload，上傳

### 로그아웃 하시겠습니까?

lo.geu.a.ut.ha.si.ge.sseup.ni.kka?

**確定要登出嗎？**

解說 로그아웃：登出

補充 로그인：登入

### 인증번호를 입력하세요.

in.jeung.beon.ho.leul.ip.lyeo.ka.se.yo.

**請輸入認證碼。**

解說 인증번호：認證碼

## 무료 회원 가입하세요.

mu.lyo.hoe.won.ga.i.pa.se.yo

**請加入免費會員。**

### 가 韓國實名制

韓國 2007 年正式推行網路實名制，也就是加入會員的時候要用本名。雖然經過多年實施後，實名制最終於 2012 年廢除，但仍然有許多韓國網站在申請加入會員時，會要求認證是否為本人。因此外國人想要在韓國網站上加入會員，仍不是件容易的事。

網路篇

## 홈페이지로 이동합니다.

hom.pe.i.ji.lo.i.dong.hap.ni.da

**即將前往首頁。**

解說 홈페이지：首頁

補充 메인 페이지：主頁

## 바탕화면 새롭게 바꿔봤어요.

ba.tang.hwa.myeon.sae.lop.kke.pa.kkwo.bwa.sseo.yo

**我換了新的桌布。**

解說 바탕화면：桌面

## 여기 인터넷 잘 안 돼.

yeo.gi.in.teo.net.cal.an.dwae

**這裡網路不太好。**

解說 인터넷：網路

## 와이파이 잘 터져?

wa.i.pa.i.cal.teo.jyeo

**WIFI 信號好嗎？**

解說 와이파이 :WIFI

### 가 韓國網路世界第一

韓國是全球網路基礎設施最完善的國家之一，網速也連續好幾年拿下全球冠軍的寶座。而韓國的 WIFI 熱點更是多得嚇人，除了政府提供的 WIFI 熱點之外，機場、各個飯店、咖啡店，甚至連地鐵、公車都有 WIFI 熱點的蹤跡。

## 아이디는 아는데 비밀번호를 까먹었어.

a.i.di.neun.a.neun.de.pi.mil.beon.ho.leul.kka.meo.geo.sseo

**我知道帳號，但忘記密碼了。**

解說 아이디：帳號

補充 계정：帳號

## 3 網購相關

## 상품이 취소되었는데 이유가 뭔가요?

sang.pu.mi.chwi.so.doe.eon.neun.de.i.yu.ga.mwon.ga.yo

商品被取消了，理由是什麼呢？

## 제품은 재입고 예정 없나요?

je.pu.meun.jae.ip.kko.ye.jeong.eom.na.yo

產品沒有再進貨的打算嗎？

解說 재입고：再進貨

## 원산지 일본 맞나요?

won.san.ji.il.bon.mat.na.yo

原產地是日本嗎？

解說 원산지：原產地

補充 국내산：國產

## 가 最愛國產產品

韓國人愛國是眾所皆知的，甚至連食材都愛吃國內產的，若是商品使用了國內產食材，外包裝上都會特別註明，價格也會比較貴一些。像是最有名的韓牛，由於是國產加上品質好，價格往往高上其他進口牛肉許多，也是很多韓國人逢年過節會送的高檔禮品。



## 정품인가요？

jeong.pu.min.ga.yo

**是正貨嗎？**

解說 정품：正品

## 제조 일자는 어떻게 되나요？

je.jo.il.ja.neun.eo.tteoh.ke.toe.na.yo

**製造日期是什麼時候呢？**

解說 제조일자：製造日期

補充 유통기간：有效期限

## 어제 입금했는데 내일까지 보내 주세요.

eo.je.ip.kkeum.haet.neun.de.nae.il.kka.ji.po.nae.ju.se.yo

**昨天已經匯款了，請在明天之前寄給我。**

解說 입금하다：匯款

## 금일 출고 예정입니다.

keum.il.chul.go.ye.jeong.im.ni.da

**預計今天出貨。**

解說 출고：出貨

## 본 상품은 국내배송만 가능합니다.

bon.sang.pu.meun.kuk.nae.bae.song.man.ka.neung.hap.ni.da

**本商品只限於國內配送。**

解說 국내배송：國內配送

補充 해외배송：海外配送

## 이 상품을 구매한 회원님들의 상품평입니다.

i.sang.pu.meul.ku.mae.han.hoe.won.nim.deu.le.sang.pum.pyeong.im.ni.da

**這是客人的商品評價。**

解說 상품평：商品評價



## 장바구니에 상품을 담았습니다.

jang.ba.gu.ni.e.sang.pu.meul.ta.mat.sseum.ni.da

**商品已經放到購物車裡了。**

解說 장바구니：購物籃

## 본 상품은 품절되었습니다.

bon.sang.pu.meun.pum.jeol.doe.eot.sseum.ni.da

**本商品已斷貨。**

解說 품절되다：斷貨

## 입장권이 매진되었습니다.

ip.jang.gwo.ni.mae.jin.doe.eot.sseum.ni.da

**入場券已銷售完畢。**

解說 매진되다：售完

## 4 韓國鄉民留言

### 제목으로 낚는 거 너무하지 않냐?

ce.mo.keu.lo.nang.neun.geo.neo.mu.ha.ji.anh.nya

**用標題騙點閱率不會太過分嗎？**

解說 낚다：釣

補充 낚시글：釣魚文



### 역시 남자는 돈이야.

yeok.si.nam.ja.neun.do.ni.ya

**果然男人還是 $$。**

### 노이해.

no.i.hae

**無法理解。**

解說 노이해：英文的「no」加上韓文的「이해（理解）」，組合起來意指無法理解

### 완전 사진발이네.

wan.jeon.sa.jin.ba.li.ne

**根本是照騙。**

解說 사진발：照片比本人好看

## 악플러들 인생 낭비 하지 말고 좀 밖에 나가라.

ak.peul.leo.deul.in.saeng.nang.bi.ha.ji.mal.go.jom.pa.ke.na.ga.la

**酸民別在這浪費生命，出去走走好嗎。**

解說 악플러：留下惡意回覆的人

補充 악플：惡評

네티즌：網友

## 진짜 극혐.

jin.jja.keu.kyeom

**真的極度厭惡。**

解說 극혐：極度厭惡（극도로 혐오하다的縮寫）

## 키보드 내려놓고 니들 인생을 살아라.

ki.bo.deu.nae.lyeo.noh.ko.ni.deul.in.saeng.eul.sa.la.la

**放下鍵盤，去過好你們自己的人生吧。**

解說 키보드：鍵盤

補充 키보드워리어：鍵盤戰士

## 인신공격은 이제 그만 좀 합시다.

in.sin.gong.gyeo.keun.i.je.keu.man.jom.hap.si.da

**別再人身攻擊了。**

解說 인신공격：人身攻擊

## 너 기레기지？

neo.ki.le.gi.ji

**你是垃圾記者吧？**

解說 기레기：將기자（記者）與쓰레기（垃圾）單字結合，意指垃圾記者

## 개인적으로는 그렇게 생각함.

kae.in.jeo.keu.lo.neun.keu.leoh.ke.saeng.ga.kam

**這是我個人的想法。**

## 5 SNS

### 단체 채팅방에 날 초대해 줘.

tan.che.chae.ting.bang.e.nal.cho.dae.hae.jwo

**邀請我進群組聊天室吧。**

解說 채팅방：聊天室

補充 단톡방:KakaoTalk的群組聊天室（단체 카카오톡 방的縮寫）

### 인스타 하트를 눌러 주세요.

in.seu.ta.ha.teu.leul.nul.leo.ju.se.yo

**請幫我的 Instagram 按讚。**

解說 인스타 :Instagram（인스타그램的縮寫）

補充 먹스타그램：먹다跟인스타그램 (Instagram) 的結合，指在 Instagram 上傳美食照片

### 내 메시지를 읽었는데 왜 답장이 없지？

nae.me.si.ji.leul.il.geon.neun.de.wae.tap.jang.i.eob.ji

**為什麼對我已讀不回呢？**

解說 답장：回信、回覆

읽씹：已讀不回

網路篇

## 카톡 봤으면 답장 좀 해라.

ka.tok.pwa.sseu.myeon.tap.jang.jom.hae.la

**看到 KakaoTalk 訊息就回我一下。**

解說 카톡 :KakaoTalk( 韓國的通訊軟體 )

### 가 KakaoTalk 有多紅

KakaoTalk 是韓國最紅的通訊軟體，就如同 LINE 在台灣普及的程度，韓國也幾乎是每支手機上都裝有 KakaoTalk。Kakao 除了推出超可愛的 Kakao Friends，周邊商品風靡整個韓國之外，也推出了 KakaoTaxi、KakaoTV... 等服務。Kakao 甚至跨足金融業，成立了自己的純網路銀行 Kakao Bank，讓各大銀行如臨大敵，開業短短五天就突破了百萬開戶數。

## 차단했어.

cha.da.nae.sseo

**已經封鎖了。**

解說 차단하다 : 封鎖

## 프사 좀 바꿔라.

peu.sa.jom.pa.kkwo.la

**你大頭照換一下吧。**

解說 프사 : 社群上設置的大頭照 ( 프로필 사진的縮寫 )

## 왜 친구 초대 안 받아 줬어？

wae.chin.gu.cho.dae.an.pa.da.jwo.sseo?

**為什麼不接受我的好友邀請？**

解說 친구 초대：好友邀請

網路篇

## 카페에 글 올렸어.

ka.pe.e.keul.ol.lyeo.sseo

**我在論壇上傳了文章。**

解說 카페：原意為咖啡店，也指網路論壇

補充 블로그：部落格

### 가 韓國網路論壇

韓國最初的網路論壇是 1999 年在 daum 網站設立的，各大入口網站之後也都跟著陸陸續續架設了網路論壇，會員們可以在網站上申請各類型的論壇，也能夠在裡面發文討論。不過韓國的論壇模式跟台灣的 PTT 不太一樣，台灣是申請 PTT 帳號之後，你可以自由地到自己感興趣的板上留言討論，但韓國是申請了論壇帳號之後，還要向自己感興趣的社團提出申請，審核通過之後才可以加入討論。

## 페이스북 팬 페이지에 '좋아요'를 눌러 주세요 ~

pe.i.seu.buk.paen.pe.i.ji.e.co.a.yo.leul.nul.leo.ju.se.yo

**請幫我在臉書粉絲團上按讚 ~**

網路篇

## 유명한 유튜버가 되고 싶나요 ?

yu.myeong.han.yu.tyu.beo.ga.toe.go.sip.na.yo

**想成為有名的 youtuber 嗎？**

解說 유튜버：youtuber

補充 뷰튜버：美妝 youtuber

## 많이 구독해 주세요 !

ma.ni.ku.do.kae.ju.se.yo

**請大家多多訂閱！**

解說 구독하다：訂閱

補充 팔로우 :follow 的韓文音譯，指訂閱、關注

## 댓글이 폭발했어요 .

taet.geu.li.pok.ppa.lae.sseo.yo

**留言大爆炸了。**

解說 댓글：留言

## 6 網路遊戲

### 나도 부캐나 키워 볼까?

na.do.bu.kae.na.ki.wo.bol.kka

**我要不要也來養隻小號?**

解說 부캐:玩家在主要角色之外，另外培養的角色

### 나 랭게임밖에 안 하는데.

na.laeng.ge.im.ppa.ke.an.ha.neun.de

**我只打積分賽欸。**

解說 랭게임:積分賽(랭킹게임的縮寫)

### 너 티어가 어딘데?

neo.ti.eo.ga.eo.din.de

**你是什麼段位?**

### 포지션 어디 가?

po.ji.syeon.eo.di.ka

**你要走哪個位置?**

解說 포지션:站位、位置

## 탑 / 미드 / 봇 가능요.

tap./mi.deu./bot.ka.neung.yo

上 / 中 / 下路都可以。

## 피 / 마나가 없어.

pi./ma.na.ga.eob.sseo

我沒血 / 魔了。

## 캐리해 줄게.

kae.li.hae.jul.kke

我來 Carry。

解說 캐리 :Carry 的韓文音譯，意指帶著隊伍取得勝利。

## 트롤이네.

teu.lo.li.ne

很戳欸。

解說 트롤 :troll 的韓文音譯，指拖累、雷、爛，也就是台灣玩家口中常說的「戳」

## 버스 감사합니다.

beo.seu.kam.sa.ham.ni.da

**謝謝你罩我。**

解說 버스：公車

### 가 搭上勝利的公車

當隊員在遊戲中罩全場，或是某人提供了攻略、好的角色，讓自己獲得勝利時，可以向對方說버스 감사합니다.(謝謝你讓我搭上公車)，表示謝謝對方罩自己。

## 그 캐릭터 닉네임이 뭐야?

keu.kae.lik.teo.nik.ne.i.mi.mwo.ya

**那個角色的暱稱是什麼？**

解說 닉네임：暱稱

補充 케릭터：角色

## 반모 가능한가요?

pan.mo.ka.neung.han.ga.yo

**可以說半語嗎？**

解說 반모：半語模式（반말 모드的縮寫）

## 가 韓國也有 9898

玩遊戲時，台灣人為了省略打字時間，有時候會打 9898( 走吧走吧 )、3Q( 謝謝 )，韓國在遊戲中也有類似的用法，例如「ㄱㄱ」就是 GOGO，「ㄹㄷ」則是 READY 的意思。



## 지금 레벨 몇이야?

ji.geum.le.bel.myeo.chi.ya

**現在幾等？**

解說 레벨：等級

memo

# chapter 6

# 罵人篇

# 1 罵人

## 이 개새끼야.

i.kae.sae.kki.ya

**你這狗崽子。**

補充 개자식：狗崽子



### 가 새끼不一定都是罵人的話

새끼的原意是動物的幼崽，雖然也可以用在人身上，不過根據새끼前面加上的詞彙，有可能會變成罵人的話。例如加上개（狗）的話，就會變成是罵人狗崽子；而加上나쁘다（壞），則會變成나쁜 새끼（壞傢伙）。相反地也有好的用法，如果聽到有人說「내 새끼」，這並不是在罵人，而是指「我的寶貝孩子」。

## 이 멍청아！

i.meong.cheong.a

**你這笨蛋！**

解說 멍청이：笨蛋

補充 바보：傻瓜

補充 등신：蠢貨

## 꺼져！
kkeo.jyeo

滾開！

## 염병하네！
yeom.byeong.ha.ne

無藥可救了！

## 너 완전 또라이구나？
neo.wan.jeon.tto.la.i.gu.na

你完全是個瘋子嘛！

補充 또라이：瘋子

## 이 못된 놈들！
i.mot.ttoen.nom.deul

這些壞傢伙們！

補充 못된 놈：壞傢伙、不良分子

## 너 사이코패스야？
neo.sa.i.ko.pae.seu.ya

你是神經病嗎？

補充 사이코패스：精神病患者

## 아는 척 하지 마.

a.neun.cheo.ka.ji.ma

別自以為是。

## 닥쳐!

tak.chyeo

閉嘴!

補充 닥치다:住口、閉嘴

## 너네 깍두기구나!

neo.ne.kkak.ttu.gi.gu.na

你就在旁邊待著吧。

### 가 깍두기不是醃蘿蔔嗎?

看到깍두기這個單字最先想到的是好吃的醃蘿蔔,但除此之外,깍두기還有其他的意思。在醃泡菜時,會將蘿蔔當成醃泡菜的材料之一,剩下的蘿蔔才會做成깍두기(醃蘿蔔)。因此延伸到玩遊戲的時候,各自組隊後剩下的那個人,也會被稱為깍두기,因為他不屬於任何一邊、甚至不影響遊戲勝負。那像這句的情形,其實就想成是類似打醬油、事不關己的意思,就可以比較容易理解。

## ② 教訓

### 너나 똑바로 살아.

neo.na.ttok.ppa.lo.sa.la

**你過好你自己的人生就好。/ 你管好自己就好。**

解說 똑바로：端正

### 여전히 주제넘네요?

yeo.jeo.ni.ju.je.neom.ne.yo

**你依然很愛多管閒事呢。**

解說 주제넘다：非分之想，做本份以外的事

### 정신 차려!

ceong.sin.cha.lyeo

**給我清醒一點！**

解說 정신을 차리다：清醒、打起精神

**가 打起精神來!!**

「정신 차리다」是「打起精神」的意思，也有「振作！、醒醒吧！」的意思。日常生活中也可以用，例如上班昏昏欲睡，一點都沒有上班動力的時候，也可以對自己說「정신 차려!(打起精神來！)」。

## 너 정말 혼나야 정신 차릴래 ?

neo.ceong.mal.hon.na.ya.ceong.sin.cha.lil.lae

你真的要被罵一頓才會清醒嗎？

## 너 도대체 뭐에 미쳐서 이런 짓을 저지르는 거야 .

neo.to.dae.che.mwo.e.mi.chyeo.seo.i.leon.ji.seul.ceo.ji.leu.neun.geo.ya

你到底是在瘋什麼，怎麼闖出這種禍？

## 너 인생 망치려고 환장했냐 ?

neo.in.saeng.mang.chi.lyeo.go.hwan.jang.haet.nya

你是腦子有病想毀了自己人生嗎？

補充 환장하다：發瘋、腦子有病

## 네가 지금 제정신이냐 ?

ne.ga.ji.geum.ce.jeong.si.ni.nya

你現在腦子是清醒的嗎？

## 잔소리 좀 그만하세요 .

can.so.li.jom.keu.man.ha.se.yo

別再嘮叨了。

補充 잔소리：嘮叨

## 3 警告

**너 사고 치지 마라 .**

neo.sa.go.chi.ji.ma.la

你不要闖禍。

**난 분명히 경고했다 .**

nan.pun.myeong.hi.kyeong.go.haet.da

我警告過你了。

解說 경고하다：警告

**다시 찾아오지 마 .**

ta.si.cha.ja.o.ji.ma

不要再來找我了。

**지금부터 내가 하는 말 잘 들어 .**

ji.geum.bu.teo.nae.ga.ha.neun.mal.cal.deu.leo

現在開始，注意聽我要說的話。

**두고 봐 .**

tu.go.bwa

等著瞧吧。

## 말조심해요!

mal.jo.sim.hae.yo

講話小心一點！

## 말 똑바로 못해?

mal.ttok.ba.lo.mo.tae

話還不好好說清楚？

## 말도 안 돼!

mal.do.an.dwae

太不像話了！

## 다들 조용히 못 해?

ta.deul.jo.yong.hi.mo.tae

不懂什麼叫安靜嗎？

## 웃기고 있네.

ut.kki.go.in.ne

別笑死人了。

## 가만 안 둘 거야.

ka.man.an.dul.kkeo.ya

我不會坐視不管的。

## 내 발목 잡지 마.

nae.pal.mok.cap.ji.ma

別扯我後腿。

解說 발목을 잡다：阻礙、扯後腿

# 4 生氣

**짜증나.**

jja.jeung.na

好煩。

**이것들이 지금 누굴 바보로 아나?**

i.geot.deu.li.ji.geum.nu.gul.pa.bo.lo.a.na

你們現在是當我白癡嗎？

**더는 못 참아!**

teo.neun.mot.cha.ma

我忍無可忍了！

**미치겠네, 정말.**

mi.chi.get.ne.ceong.mal

快瘋了，真是的。

### 가 快瘋了

這句話在說自己快瘋掉的時候可以用，像是很爆笑、很生氣或是煩躁的時候，都可以說「미치겠네.」或「미치겠다.」。甚至肚子非常餓的時候，也可以說「배고파 미치겠네!(餓到快瘋了)」，類似說法還有「배고파 죽겠네!(餓到快死掉了)」。

## 열 받아.

yeol.ba.da

**氣死人了。**

解說 열을 받다：惱火

## 쪽팔린다, 진짜.

jjok.pal.lin.da.jin.jja

**真是太丟臉了。**

解說 쪽팔리다：丟臉

## 재수 없어.

cae.su.eob.sseo

**真令人倒胃口。**

!@# $%& 罵人篇

## 누가 할 소리.

nu.ga.hal.so.li

這句話是我該說的吧。

## 너는 내가 우스워?

neo.neun.nae.ga.u.seu.wo

你覺得我很可笑嗎？

解說 우습다：滑稽；看不起；可笑

## 남편이 아니라 웬수야 웬수!

nam.pyeo.ni.a.ni.la.wen.su.ya.wen.su

什麼老公，根本是冤家！

## 너는 왜 쓸데없는 말을 하고 그래?

neo.neun.wae.sseul.de.eom.neun.ma.leul.ha.go.keu.lae

你為什麼要講這種沒用的話？

## 왜 이렇게 눈치가 없어?

wae.i.leoh.ke.nun.chi.ga.eob.sseo

為什麼這麼白目。

解說 눈치가 없다：不會看眼色

## 꼴도 보기 싫어.

kkol.do.po.gi.si.leo

**我不想看到你。**

### 가 我不想看到你

覺得很討厭、不想看到對方的時候，可以用這句「꼴 보기 싫다」。「꼴」是略帶貶意的模樣、樣子，「보기 싫다」是不想見到，所以合成一個句子就成了「不想看到你（討厭你）」的意思。



## 나 바람 맞았어!

na.pa.lam.ma.ja.sseo

**我被放鴿子了！**

# 5 威脅

**엄마한테 확 일러 버린다.**

eom.ma.han.te.hwak.il.leo.po.lin.da

我要跟媽媽說喔。

解說 이르다：告狀



**너 자꾸 이러면 혼난다.**

neo.ca.kku.i.leo.myeon.hon.nan.da

你再這樣會被罵的。

解說 혼나다：挨罵

**내가 혀 깨물고 콱 죽을게.**

nae.ga.hyeo.kkae.mul.go.kwak.ju.keul.kke

我咬舌自盡算了。

解說 깨물다：咬

**한 발짝이라도 더 오면 뛰어내리겠어!**

han.bal.jja.ki.la.do.teo.o.myeon.ttwi.eo.nae.li.ge.sseo

你再靠近一步，我就跳下去！

解說 발짝：步

## 다음에 또 이러면 진짜 죽어!

ta.eu.me.tto.i.leo.myeon.jin.jja.cu.keo

下次再這樣，你就死定了！

## 당신 내 손에 죽어.

tang.sin.nae.so.ne.cu.keo

你會死在我手上。

## 난 여자 칠 수 있다.

nan.yeo.ja.chil.su.it.tta

我可是會打女人的。

## 너 뒤질래?

neo.twi.jil.lae

你想死嗎？

### 가 韓國方言

近幾年因為電影、電視劇大量出現各地方言，讓不講方言的韓國人、外國人，都開始對韓國方言產生興趣。韓國各地都有不同的方言，除了語調不同之外，有時明明在講同一個意思，各地區卻有好幾種說法。像是這句「너 뒤질래？」就是全羅道的方言，意思就是「죽을래（想死嗎）?」。

## 6 八點檔系列

### 누구 무덤이 될지는 아무도 모르지!

nu.gu.mu.deo.mi.toel.ji.neun.a.mu.do.mo.leu.ji

還不知道這會是誰的墳墓呢！

解說 무덤：墳墓

### 벌써 쫄지 마라. 이제 시작이니까.

poel.sseo.jjol.ji.ma.la.i.je.si.ja.ki.ni.kka

不要這麼早就開始害怕，現在才剛開始呢。

解說 쫄다：膽怯

### 불쌍한 건 나라고! 난 억울해!

pul.ssang.han.geon.na.la.go.nan.eo.gu.lae

我才可憐！委屈的人是我！

解說 억울하다：冤枉、委屈

### 너를 다시는 웃지 못하게 만들 거야.

neo.leul.ta.si.neun.ut.ji.mo.ta.ge.man.deul.kkeo.ya

我會讓你再也笑不出來。

**내 인생에서 걸림돌이 되지 않았으면 좋겠어.**

nae.in.saeng.e.seo.keol.lim.do.li.toe.ji.a.na.sseu.myeon.co.ke.sseo

**希望你不要成為我人生中的絆腳石。**

解說 걸림돌：絆腳石

**날 이 꼴로 만드니까 이제 속이 시원해?**

nal.i.kkol.lo.man.deu.ni.kka.i.je.so.ki.si.wo.nae

**把我弄成這副德性，你痛快了嗎？**

解說 속이 시원하다：痛快、舒服

**천벌 받을 줄 알아.**

cheon.beol.pa.deul.jul.a.la

**你會遭天譴的。**

解說 천벌：天譴

**웃고 있는 네 입을 찢어 놓을 거야.**

ut.go.in.neun.ne.i.beul.jji.jeo.noh.eul.kkeo.ya

**我要撕爛你那笑著的嘴。**

## 네 짧은 생각이 내 얼굴에 먹칠을 했어.

ne.jal.beun.saeng.ga.ki.nae.eol.gu.le.meok.chi.leul.hae.sseo

因為你的短視近利，讓我顏面無光了。

解說 먹칠하다：玷汙、受辱

## 너의 존재만으로도 폐가 되거든.

neo.e.con.jae.ma.neu.lo.do.pye.ga.toe.geo.deun

光是你這個人的存在就是個禍害。

解說 존재：存在

## 아갈머리를 확 찢어버릴라.

a.gal.meo.li.leul.hwak.jji.jeo.beo.lil.la

信不信我撕爛你的嘴。

# 7 道歉

**용서해 주세요.**

yong.seo.hae.ju.se.yo

請原諒我。

**실례합니다.**

sil.lye.ham.ni.da

失禮了。

**미안해.**

mi.a.nae

對不起。

補充 죄송하다：對不起

**내가 사과할게.**

nae.ga.sa.gwa.hal.kke

我道歉。

전부 다 내 탓이야.

ceon.bu.ta.nae.ta.si.ya

這全都要怪我。

잘 못 했어요.

cal.mo.tae.sseo.yo

我錯了。

제가 죽을죄를 지었습니다.

ce.ga.ju.keul.joe.leul.ji.eot.sseum.ni.da

我犯下了死罪。

한 번만 봐 주세요.

han.beon.man.bwa.ju.se.yo

就饒了我這次吧。

# 8 陰謀

## 사모님이 시켜서 한 짓입니다.

sa.mo.ni.mi.si.kyeo.seo.han.ji.sim.ni.da

都是夫人指使我做的。

解說 짓：行動、做的事（常帶有貶意）

## 모든 게 계획적이 었잖아.

mo.deun.ge.kye.hoek.jeo.gi.eot.ja.na

這一切不都是預謀好的嗎。

解說 계획적：有計畫地

## 네가 떳떳하면 날 막을 이유 없잖아.

ne.ga.tteot.tteo.ta.myeon.nal.ma.keul.i.yu.eob.ja.na

如果你問心無愧，就不用阻擋我了吧。

解說 떳떳하다：光明正大

## 아무리 발뺌을 해도 이건 네 짓이 틀림이 없다.

a.mu.li.pal.ppae.meul.hae.do.i.geon.ne.ji.si.teul.li.mi.eob.tta

不管你再怎麼推脫，這絕對就是你幹的好事。

解說 발뺌하다：擺脫、脫身

애초부터 목적이 그거였어 .

ae.cho.bu.teo.mok.jeo.gi.keu.geo.yeo.sseo

一開始的目的就是這個。

내가 다 설명할게 .

nae.ga.ta.seol.myeong.hal.kke

我全都會解釋的。

내가 지금부터 하나하나 다 밝혀야겠어 .

nae.ga.ji.geum.bu.teo.ha.na.ha.na.ta.pal.kyeo.ya.ge.sseo

我從現在開始要一個個揭穿。

解說 밝히다：查清

아무래도 뭔가를 알고 있는 것 같아 .

a.mu.lae.do.mwon.ga.leul.al.go.in.neun.geot.ga.ta

看來他好像知道了什麼。

설마 모든 걸 기억하는 건 아니겠지 .

seol.ma.mo.deun.geol.ki.eo.ka.neun.geon.a.ni.get.ji

他該不會記得所有的事吧。

## 너만 사라지면 돼.

neo.man.sa.la.ji.myeon.twae

只要你消失就好了。

## 당신이 꾸민 일인가요?

tang.si.ni.kku.min.i.lin.ga.yo

這是你一手策畫的嗎？

## 제대로 뒤통수치네.

ce.dae.lo.twi.tong.su.chi.ne

實實在在地在背後捅了一刀呢。

## 겉으로는 얌전한 척하면서 뒤에서 호박씨를 깠네.

keo.teu.lo.neun.yam.jeo.han.cheo.ka.myeon.seo.twi.e.seo.ho.bak.ssi.leul.kkat.ne

表面看來老實，卻在背後搞鬼呢。

### 가 嗑南瓜籽（호박씨를 까다）的由來

從前有個儒生與妻子一起過著困苦的生活，經常食不果腹，但夫婦兩人依然相互扶持。某天，儒生出門後返家，卻看到妻子好像在偷吃著什麼，儒生以為妻子把食物藏起來自己吃，

!@# $%& 罵人篇

所以大聲質問了妻子。原來是妻子在打掃時，發現地上有個南瓜籽的殼，她實在是太餓了，就一口塞到嘴裡，沒想到被丈夫撞見，產生了誤會。因此後來在形容表面上沒什麼異樣，但卻在背後搞鬼的人，就會說對方是「호박씨를 까다（嗑南瓜籽）」。



## 입 무거워?

ip.mu.geo.wo

**你口風緊嗎？**

解說 입이 무겁다：口風緊

## 이거 비밀인데요.

i.geo.pi.mi.lin.de.yo

**這是秘密。**

## 절대 아무한테도 얘기하지 마.

jeol.dae.a.mu.han.te.do.yae.gi.ha.ji.ma

**絕對不要告訴任何人。**

## 이건 무덤까지 가져가야 할 비밀이야.

i.geon.mu.deom.kka.ji.ka.jyeo.ga.ya.hal.pi.mi.li.ya

**你到進墳墓（死亡）之前都要保守這個秘密。**

## 입단속 해.

ip.dan.so.kae

管好你的嘴。

解說 입단속：守口

補充 입이 무겁다：口風緊

## 아무도 몰라요.

a.mu.do.mol.la.yo

沒有任何人知道。



## 그런 얘기 어디 가서 하지 마.

keu.leon.yae.gi.eo.di.ka.seo.ha.ji.ma

你出去不要亂說這種話。

## 나만 입 닫으면 아무도 모르겠지.

na.man.ip.ta.deu.myeon.a.mu.do.mo.leu.get.ji

只要我不說，就沒人會知道吧。

## 감수하시겠습니까?

kam.su.ha.si.get.sseum.ni.gga

您願意承擔（後果）嗎？

memo

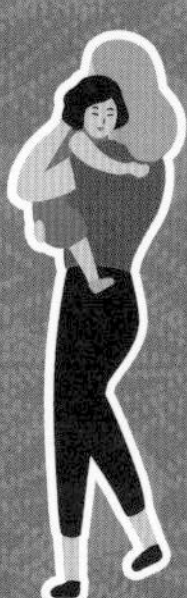


# chapter 7

# 校園職場家庭篇

# 1 家庭

## 부모님께 호강시킬게요.

pu.mo.nim.kke.ho.gang.si.kil.kke.yo

我會讓父母享清福的。

解說 부모：父母。호강：享福。

## 내가 아빠한테 돈 받을 나이 아니야.

nae.ga.a.ppa.han.te.ton.pa.deul.na.i.a.ni.ya

我已經長大了，不能再跟爸爸拿錢了。

## 엄마를 모시고 살기로 했어.

eom.ma.leul.mo.si.go.sal.gi.lo.hae.sseo

已經決定要跟媽媽一起住了。

解說 모시다：侍奉

## 아버님 생신인데 제가 당연히 와야죠.

a.beo.nim.saeng.sin.in.de.ce.ga.tang.yeo.ni.wa.ya.jyo

既然是岳父的生日，我當然要來拜訪。

解說 아버님：對父親的尊稱，對公公、岳父也會用這個稱呼
생신：壽辰

補充 장모님：丈母娘
시어머니：婆婆

## 난 맏며느리 40 년 차야.

nan.mad.myeo.neu.li.sa.sib.nyeon.cha.ya

**我已經當了 40 年的長媳了。**

解說 맏며느리：長媳

補充 며느리：媳婦

### 가 韓國長媳難當

如果想嫁給韓國男生，建議先確認對方是不是長子，因為韓國的長媳是出了名的難當。這裡的難當並不是指會被婆婆刁難或虐待，而是每到祭祀時，準備的所有工作都會落在長媳身上，甚至連善後都是由長媳負責。加上韓國傳統祭祀要準備的東西相當繁瑣，常常逢年過節時，一連幾天都沒辦法好好睡覺，非常辛苦。



## 어디 가서 나랑 남매라고 하지 마.

eo.di.ka.seo.na.lang.nam.mae.la.go.ha.ji.ma

**出去不要說我跟你是姊弟。**

解說 남매：兄妹、姊弟

補充 형제자매：兄弟姊妹

## 저 임신했어요.

ceo.im.sin.hae.sseo.yo

我懷孕了。

解說 임신하다：懷孕

補充 아이를 가지다：懷孕

## 우리 엄마 손이 좀 커.

u.li.eom.ma.so.ni.jom.keo

我媽滿大方的。

解說 손이 크다：大手筆、大方

## 전 가정을 지킬 겁니다.

ceon.ka.jeong.eul.ji.kil.geom.ni.da

我會守護家庭的。

解說 가정：家庭

## 너도 이제 시월드 시작인 건가?

neo.do.i.je.si.wol.deu.si.ja.kin.geon.ga

你也開始要進入婆媳生活了嗎？

解說 시월드：婆家

## 너도 착한 며느리 병에 걸릴 판이네.

neo.do.cha.kan.myeo.neu.li.byeong.e.keol.lil.pa.ni.ne

**你也即將得到善良兒媳病了啊。**

### 가 善良兒媳婦病

結婚之後，女人們認為自己在婆家要成為勤快、溫順與唯命是從的兒媳婦，進而勉強自己做不想做、不該做的事，這就是所謂的「善良的兒媳病」。這是在電視劇《今生是第一次》中出現的流行語，播出後也讓許多韓國媳婦對這個詞感到心有戚戚焉，因而廣泛受到使用。

## 너도 부모가 되면 알 거야.

neo.do.pu.mo.ga.toe.myeon.al.kkeo.ya

**換你當爸媽就知道了。**

解說 부모：父母

## 나 가출했어.

na.ka.chu.lae.sseo

**我離家出走了。**

## 내일 제사인 거 알지?

nae.il.ce.sa.in.geo.al.ji

你知道明天要拜拜吧?

解說 제사:祭祀

## 너도 이리 와서 절을 해야지.

neo.do.i.li.wa.seo.ceo.leul.hae.ya.ji

你也要過來行禮啊。

解說 절하다:行禮

## 제사 음식 다 만들었어요.

ce.sa.eum.sik.ta.man.deu.leo.sseo.yo

祭祀食物已經弄好了。

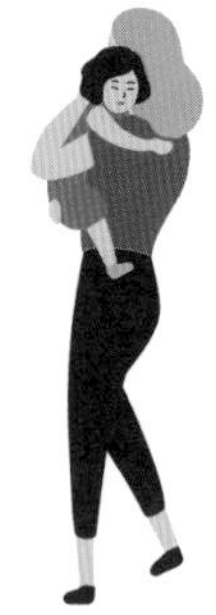

## 2 學校

### 오늘 시험 잘 봤어?

o.neul.si.heom.cal.pwa.sseo

**今天考試考得怎麼樣？**

### 가 關於韓國高考

韓國高考（大學修業能力考試）是舉國上下非常重視的一天，而所有考生們挑燈苦讀為的也是這一天。由於高考成績關係著學生未來能否進名門大學、大企業，所以韓國政府會下令考試當天的上班時間延後、公車加開班次、飛機暫停起飛，就是為了避免任何會影響到高考考生的因素，許多考生父母也會到寺廟、教堂連夜祈禱，只求自己的孩子能夠在高考取得好成績。

### 시험 망쳤어.

si.heom.mang.chyeo.sseo

**考試毀了。**

解說 망치다：斷送、毀滅

## 우리 오늘 수업 땡땡이 치고 나가서 놀자.

u.li.o.neul.su.eop.ttaeng.ttaeng.i.chi.go.na.ga.seo.nol.ja

**我們今天翹課出去玩吧。**

解說 땡땡이 치다：翹課、偷懶

## 너 과외 안 가?

neo.kwa.oe.an.ga

**你不去上家教課嗎？**

解說 과외：家教

補充 학원：補習班

## 나 이제 고3이야.

na.i.je.ko.sam.i.ya

**我現在高三了。**

解說 고3: 高三學生（고등학교 3 학년的縮寫）

補充 고졸：高中畢業（고등학교 졸업的縮寫）

### 가 你是小學生嗎？너 초딩이니？

韓國稱呼國高中小學生的時候，常常會說고딩（高中生）、중딩（國中生）、초딩（國小生），也就是把「~등학생」簡化為「딩」，例如國小生就是「초등학생→초딩」。而초딩除了指國小生之外，也可以用來稱呼思想、行動幼稚得像國小生的人，此時可以說「너 초딩이니？(你是小學生嗎？)」。

## 나 서울에서 전학 왔어.

na.seo.ul.e.seo.ceon.hak.wa.sseo

我是從首爾轉學來的。

## 너 또 전교 1등이냐?

neo.tto.jeon.gyo.il.deung.i.nya

你又得到全校第一名了嗎？

補充 꼴찌：倒數第一

## 내 공부 좀 가르쳐 줘.

nae.gong.bu.jom.ka.leu.chyeo.jwo

你教我唸書吧。

## 수능이 끝나면 바로 치아교정 할 거야.

su.neung.i.kkeut.na.myeon.pa.lo.chi.a.gyo.jeong.hal.kkeo.ya

**我一考完高考就要去矯正牙齒。**

解說 수능 시험：高考

補充 재수생：重考生
수능생：高考生



### 가 韓國高考後最想做的事

調查指出，考生們在高考後，為了釋放這段期間累積的壓力，最想做的事就是「改變自己的外貌」，其次是「玩樂」。高考一結束，只要拿著高考應考證明，到處都可以享有高考考生專屬優惠。像是許多整形醫院會在這段期間推出高考生限定的整形套餐，其他像是遊樂園、餐廳、KTV 也都會有專屬高考生的折扣。

## 사실 저 학교에서 왕따예요.

sa.sil.ceo.hak.kkyo.e.seo.wang.tta.ye.yo

**其實我在學校的時候被排擠。**

解說 왕따：被排擠的人

## 우리 반 첫 번째 커플이 탄생하는 건가?

u.li.ban.cheot.beon.jjae.keo.peu.li.tan.saeng.ha.neun.geon.ga

**我們班上第一對班對誕生了嗎？**

補充 CC: 校園情侶

## 나 이따 수업 끝나고 알바하러 가야 해.

na.i.tta.su.eop.kkeut.na.go.al.ba.ha.leo.ka.ya.hae

**我等一下上完課要去打工。**

解說 알바：打工（아르바이트的縮寫）

## 문송합니다.

mun.song.ham.ni.da

**對不起，我文組的。**

解說 문송：「문과라 죄송합니다.（因為我是文組，對不起）」的縮寫

校園職場家庭篇

## 가 韓國就業現實面

「인구론（人文科的九成學生因為找不到工作都在玩）」、「문송합니다.（對不起，我文組的）」這幾句流行語看似有趣，但其實隱含著文組畢業生在韓國就業上的困境，能選擇的工作不像理組那麼多，又或者是終於進入了職場，卻苦於無法發揮自己本科的能力，也因此出現了這類跟文組有關的流行語，以半開玩笑的方式，帶出了文組在韓國就業環境的絕望心情。

**빈자리에 들어가서 앉아.**

pin.ja.li.e.teu.leo.ga.seo.an.ja

**你去坐那個空位吧。**

**성적표에 부모님의 사인 받아와.**

seong.jeok.pyo.e.pu.mo.ni.me.sa.in.pa.da.wa

**成績單給父母簽名完再拿來。**

**너 교무실로 따라와.**

neo.kyo.mu.sil.lo.tta.la.wa

**你跟我來教務處。**

解說 교무실：教務處

# 너 불량학생이니？

neo.pul.lyang.hak.ssaeng.i.ni

**你是不良學生嗎？**

解說 불량학생：不良學生

# 3 公司 - 面試

## 난 2차 면접 통과했어.

nan.i.cha.myeon.jeop.tong.gwa.hae.sseo

**我通過第二階段面試了。**

解說 면접：面試

## 영어로 자기소개 부탁드릴게요.

yeong.eo.lo.ja.gi.so.gae.bu.tak.deu.lil.kke.yo

**請用英文自我介紹。**

解說 자기소개：自我介紹

## 우리가 당신을 뽑아야 하는 이유를 설명해 보세요.

u.li.ga.tang.si.neul.ppo.ba.ya.ha.neun.i.yu.leul.seol.myeong.hae.po.se.yo

**請說明一下我們要錄取你的理由。**

## 내일 면접이 겹쳤어.

nae.il.myeon.jeo.pi.kyeop.chyeo.sseo

**明天面試時間重疊了。**

解說 겹치다：重疊在一起

## 스펙이 좋아서 대기업에 들어갈 수 있을 거야.

seu.pe.ki.co.a.seo.tae.gi.eo.be.teu.leo.gal.su.i.sseul.kkeo.ya

**履歷不錯，可以進入大企業。**

解說 스펙：履歷、條件

## 면접 또 떨어졌어?

myeon.jeop.tto.tteo.leo.jyeo.sseo

**又沒被錄取了嗎？**

解說 면접에서 떨어지다：面試落榜

補充 시험에서 떨어지다：考試落榜

## 나 면접에 붙었어.

na.myeon.jeo.be.bu.teo.sseo

**我面試上了。**

## 가 面試前吃這個就包中

韓劇《三流之路》裡面有一幕是男主角買了麥芽糖回來，並對著女主角說「엿 먹어라 !( 吃麥芽糖！ )」，希望女主角吃下這個麥芽糖後，能夠面試上榜。엿 ( 麥芽糖 ) 的特性是夠黏，黏到可以貼在牆上，而貼的動詞붙다又另外帶有合格的意思，所以韓國人在考試、面試之前，都會用엿 ( 麥芽糖 ) 來祈求合格，跟台灣會吃包子、粽子來祈禱「包中」是一樣的道理。但是要注意，這句「엿 먹어라 !」可不能隨便亂說，因為這句話有兩個意思，一個是我們剛剛介紹的「合格」，另一個則是很難聽的髒話。所以如果真的很想祝朋友面試順利，就說「면접 잘 봐요 .( 面試順利 )」就可以了。

## 4 公司 - 電話

### 정우 씨 좀 바꿔 주세요.

jeong.u.ssi.jom.pa.kkwo.ju.se.yo

請幫我把電話轉給正宇先生。

### 연결해 드리겠습니다.

yeon.gyeo.lae.teu.li.get.sseum.ni.da

我幫您轉接。

### 실례지만 어디시라고 전해 드릴까요?

sil.lye.ji.man.eo.di.si.la.go.ceo.nae.deu.lil.kka.yo

請問您是哪邊要找他呢？

### 메모 좀 남겨 주시겠어요?

me.mo.jom.nam.gyeo.ju.si.ge.sseo.yo

可以幫我留紙條給他嗎？

解說 메모：備忘錄、便條

## 오후 회의가 취소됐다고 좀 전해 주세요.

o.hu.hoe.ui.ga.chwi.so.dwaet.da.go.jom.ceo.nae.ju.se.yo

**請幫我轉告他下午會議取消了。**

解說 회의：會議

## 전화 바꿨습니다.

ceon.hwa.pa.kkwot.sseum.ni.da

**電話換人接了。**

校園職場家庭篇

### 가 電話換人聽了

바꾸다的意思是更換，如果從別人手上將通話中的電話接過來，可以在開頭告訴對方「전화 바꿨어요.(電話換人聽了)」，讓對方知道電話已經換人接了。

## 전화 회신 좀 부탁드린다고 전해 주세요.

ceon.hwa.hoe.sin.jom.bu.tak.deu.lin.da.go.ceo.nae.ju.se.yo

**請他回電給我。**

解說 회신：回信、回電

## 5 公司 - 職場

### 내일 꼭 회사에 나오세요.

nae.il.kkok.hoe.sa.e.na.o.se.yo

明天一定要來上班。

### 월급쟁이가 퇴근이 어딨어?

wol.geup.jjaeng.i.ga.toe.geu.ni.eo.di.sseo

領月薪的人哪有下班這種事。

解說 월급쟁이：月薪族

### 나는 낙하산으로 입사하게 되었다.

na.neun.na.ka.sa.neu.lo.ip.ssa.ha.ge.toe.eot.da

我是靠關係進公司的空降部隊。

#### 가 空降部隊

「낙하산（降落傘）」這個單字在電視劇《未生》中出現很多次，除了原本降落傘的意思之外，還有不透過正式管道，就獲得了工作職位的意思，也就是台灣常說的走後門、空降部隊。

## 사장님이 아직 출장 중이세요.

sa.jang.ni.mi.a.jik.chul.jang.jung.i.se.yo

社長還在出差中。

解說 출장：出差

## 회의 자료 준비 좀 부탁해요.

hoe.ui.ja.lyo.jun.bi.jom.bu.ta.kae.yo

麻煩幫我準備開會資料。

## 제 명함을 가지고 계시죠?

ce.myeong.ha.meul.ka.ji.go.kye.si.jyo

您有我的名片吧？

解說 명함：名片

## 전 내일 휴가 좀 쓸게요.

ceon.nae.il.hyu.ga.jom.sseul.kke.yo

我明天要排休。

解說 휴가：休假

補充 생리휴가：生理假

## 저 오늘 야근이에요.

ceo.o.neul.ya.geu.ni.e.yo

**我今天要加班。**

解說 야근하다：加班

## 회사는 다닐 만하니?

hoe.sa.neun.ta.nil.man.ha.ni

**在公司上班還順利嗎？**

解說 다니다：（到某一個地方）上班、工作

補充 학교 다니다：到學校上課

## 퇴근이에요?

toe.geu.ni.e.yo

**要下班了嗎？**

補充 칼퇴근：迅速下班

## 업무 시간인데 어디 가는 거야?

eom.mu.si.gan.in.de.eo.di.ka.neun.geo.ya

**現在是上班時間，你要去哪裡？**

補充 쉬는 시간：休息時間

## 그분이 제 사수신 거죠?

keu.bu.ni.ce.sa.su.sin.geo.jyo

**那一位是我的指導前輩吧？**

### 가 사수的多種意思

「사수」這個詞的意思有很多種，需要看情形來解讀，例如「본방 사수（準時收看）」中的사수，是死守的意思。學校內的直屬學長姐，有些人也會稱之為사수。而這句提到的職場的사수，則是教導、帶領新人的職場前輩，因此可以翻做指導前輩，類似意思的單字還有멘토（導師）。

## 정규직 전환해 줄게.

jeong.gyu.jik.ceon.hwa.nae.jul.kke

**我幫你轉正職。**

解說 정규직：正職

補充 인턴：實習生。

비정규직：派遣人員。

## 가 韓國的實習生制度

想要對現實的韓國職場一窺究竟，就一定要看電視劇《未生》。裡面以職場新人的視角，描寫了韓國上班族的面貌。劇中出現的實習生制度，也是實際在韓國職場中常見的職位。

公司招攬一群實習生進公司，領的薪水可能只有正職員工的七成不到，但卻要做一堆亂七八糟的雜事。能力好就幫你轉正職，運氣不好就只能再接再厲。儘管實習生是這麼吃力不討好的工作，但一心想進大公司的韓國年輕人太多太多了，只要大公司一開出實習職缺，仍是一堆人搶破了頭，就只為了掛上大企業的這一個頭銜。

## 6 公司 - 辭職

**전 오늘까지만 일하고 그만두기로 했어요.**

ceon.o.neul.kka.ji.man.i.la.go.keu.man.du.gi.lo.hae.sseo.yo

**我打算做到今天。**

**너 그런 식으로 할 거면 다 때려치워!**

neo.keu.leon.si.geu.lo.hal.kkeo.myeon.ta.ttae.lyeo.chi.wo

**你要這樣做事，不如不要做了！**

解說 때려치우다：放棄、拉倒

**요즘 이직을 생각 중이야.**

yo.jeum.i.ji.keul.saeng.gak.jung.i.ya

**最近在考慮換工作。**

## 너 이제 백수야.

neo.i.je.paek.su.ya

**你現在是無業遊民了。**

### 가 韓國的無業者：白手(백수)

「백수」這個單字的漢字是白手，指沒有在工作，所以수(手)很백(白)的人，其中「白」字也帶有一無所有、空空如也的意思，也就是指沒在工作的無業者。

## 원래 회사 관두는 날에는 밤새도록 축배를 드는 거야.

won.lae.hoe.sa.kwan.du.neun.na.le.neun.pam.sae.do.lok.chuk.ppae.leul.teu.neun.geo.ya

**辭職當天本來就要喝到通宵的。**

解說 관두다：拉倒、不幹了(고만두다的縮寫)

解說 축배：乾杯

## 오늘 회사 안 가면 잘려요.

o.neul.hoe.sa.an.ga.myeon.jal.lyeo.yo

**今天不去公司的話會被炒魷魚的。**

補充 잘리다：被解雇

## 결혼하면서 일도 정리했어요.

kyeo.lon.ha.myeon.seo.il.do.jeong.li.hae.sseo.yo

**結婚之後就辭職了。**

### 가 韓國女生婚後辭職

也許台灣人不太能理解，但韓國女生婚後辭職是很普遍的事。許多韓國女生在結婚後會馬上辭掉工作，專心在家當家庭主婦，並開始準備生養小孩。所以一般韓國男生在結婚前，比較不會在意女生的職業。不過近來物價節節上升，加上經濟不景氣的關係，也開始有越來越多人希望女生婚後也能工作，以雙薪夫婦（맞벌이）來維持家庭支出。

# chapter 8

# 影視娛樂篇

# 1 常用的綜藝字幕

뿌듯

ppu.deut

滿足

욜로

yol.lo

YOLO(you only live once)

흥미진진

heung.mi.jin.jin

津津有味

꿀잼

kkul.jaem

超有趣

깜짝

kkam.jjak

嚇一跳

## 제대로 낚였다.

ce.dae.lo.na.kyeot.da

**完全上鉤了。**

## 뜨끔

tteu.kkeum

**心中一驚**

## 그저 웃지요

keu.jeo.ut.ji.yo

**只是笑了笑。**

## 2 綜藝流行語

### 그게 무슨 의미가 있습니까?

keu.ge.mu.seun.ui.mi.ga.it.sseum.ni.kka

這有什麼意義呢？

### 아주 칭찬해.

a.ju.ching.cha.nae

非常稱讚你。

### 아무 말 대잔치

a.mu.mal.tae.jan.chi

胡說八道盛宴。

### 싸펑피펑?!

ssa.peong.pi.peong

想打架想流血?!

### 가 想打架嗎？想流血嗎？!

熱門綜藝《認識的哥哥》裡常出現的句子，一開始是姜虎東說「싸우고 싶엉？피나고싶엉？(想打架嗎？想流血嗎？)」，後來金希澈將這句話縮為「싸펑피펑？!(想打想流？!)」，由於念起來很順口，也因此成了一句新的流行語。

## 내 마음속에 저장 .

nae.ma.eum.so.ke.jeo.jang

**在我心中收藏。**

### 가 在我心中收藏

這是 WANNA ONE 的朴志訓在《Produce101》第二季中創造出來的流行語。這句話配合雙手的食指跟大拇指比出一個四方形框框，並同時在胸前旋轉的手勢，整體讓人記憶深刻，也迅速造成模仿的旋風。



## 오늘의 주인공은 나야 나 .

o.neul.ui.ju.in.gong.eun.na.ya.na

**今天的主角是我呀我。**

## 꽃길만 걷자！

kkot.gil.man.keot.ja

只走花路吧！

### 가 只走花路吧

粉絲常常會對著偶像說「以後只走花路吧」，這句話乍看之下可能有點難理解，但其實是帶著祝福的一句話。花路就是開著花、鋪滿花的道路，而「只走花路吧」，指一路順風、期許未來只會有好事發生的意思。

## 스튜핏！그레잇！

seu.tyu.pit.!.geu.le.it.!

STUPID! GREAT!

### 가 STUPID! GREAT!

這是在 2017 年新節目《金生珉的發票》節目中出現的流行語，節目中會審視觀眾投稿的發票內容，當花錢花在刀口上的時候，就會稱讚「그레잇 !(GREAT!)」，但當錢是花在不該花的地方，就會被罵「스튜핏 !(STUPID!)」。隨著節目人氣越來越高，這兩句話也逐漸變成了流行語，甚至有觀眾將「스튜핏 !(STUPID!)」這句話貼在信用卡上，提醒自己千萬別衝動消費。

## 어이가 없네.

eo.i.ga.eop.ne

**令人無言。**

## 노코멘트 하겠습니다.

no.ko.men.teu.ha.get.sseup.ni.da

**無可奉告。**

解說 노코멘트：無可奉告

## 영혼 좀 담아 주겠니?

yeong.hon.jom.ta.ma.ju.get.ni

**可以帶點靈魂嗎？**

解說 영혼：靈魂

## 기분 탓이에요.

ki.bun.ta.si.e.yo

**是心理作用。**

## 3 電視劇、節目

### 막장 드라마가 다 그런 거지 .

mak.jjang.deu.la.ma.ga.ta.keu.leon.geo.ji

**狗血電視劇都是這樣的。**

**解說** 막장 드라마：狗血電視劇

### 자꾸 NG 가 나네요 .

ja.kku.n.g.ga.na.ne.yo

**一直 NG 呢。**

### 첫날부터 키스신이래요 .

cheot.nal.bu.teo.ki.seu.si.ni.lae.yo

**聽說第一天就有吻戲。**

### 재방인가요 ?

cae.bang.in.ga.yo

**是重播嗎？**

**解說** 재방송：重播

## 본방사수！

bon.bang.sa.su

**必看首播！**

**解說** 본방송：首播

**補充** 생방송：直播。

사전녹화：事前預錄。

## 채널 고정！

chae.neol.go.jeong

**鎖定頻道！**

**解說** 체널：頻道

## 그 드라마의 시청률이 높아？

keu.deu.la.ma.ui.si.cheong.lyu.li.no.pa

**那部電視劇的收視率高嗎？**

**解說** 시청률：收視率

### 가 韓國電視的即時人氣頻道

有時候看電視不知道要看什麼的時候，只好一台一台切，或是看節目表選頻道來轉台。韓國的電視就不必這麼做了，它有個很聰明的「即時人氣頻道」功能，透過這個功能，你可以一次看到目前人氣最高的前幾個頻道跟播出的內容，上面會顯示該節目當下的收視率，並隨時依據收視率進行排名，如果其中有想看的節目，直接用遙控器選擇畫面，就會自動幫你轉到該頻道，是個非常方便的功能。

## 올해 연기대상의 대상은 누구야?

o.lae.yeon.gi.dae.sang.ui.dae.sang.eun.nu.gu.ya

**今年演技大賞的大獎是誰？**

## 4 音樂

### 이번 신곡도 대박 예상.

i.beon.sin.gok.do.tae.bak.ye.sang

**預計這次新歌也會大紅。**

解說 신곡：新歌

### 타이틀곡을 선정하기 어려웠어요.

ta.i.teul.go.keul.seon.jeong.ha.gi.eo.lyeo.wo.sseo.yo

**主打歌很不好選。**

解說 타이틀곡：主打歌

### 데뷔 앨범이 나왔어요.

te.bwi.ael.beo.mi.na.wa.sseo.yo

**出道專輯出來了。**

解說 데뷔：出道

補充 정규 앨범：正規專輯

## 단콘 너무 기대돼요.

tan.kon.neo.mu.ki.dae.dwae.yo

**太期待專場演唱會了。**

**解說** 단콘：專場演唱會（단독 콘서트的縮寫）

**補充** 데뷔 콘서트：出道演唱會

## 역시 립싱크 맞네.

yeok.ssi.lip.sing.keu.man.ne

**果然是對嘴沒錯。**

**解說** 립싱크：對嘴



## 아시아 투어의 마지막 일정은 한국 콘서트였어.

a.si.a.tu.eo.ui.ma.ji.mak.il.jeong.eun.han.guk.kon.seo.teu.yeo.sseo

**亞洲巡迴演唱會的最後一站是韓國。**

## 5 電影

### 이 영화가 개봉한 지 얼마 안 됐어요.

i.yeong.hwa.ga.kae.bong.han.ji.eol.ma.an.dwae.sseo.yo

**這部電影剛上映沒多久。**

### 나도 시사회를 꼭 한번 가보고 싶어.

na.do.si.sa.hoe.leul.kkok.han.beon.ka.bo.go.si.peo

**我也想去一次試映會看看。**

### 여주인공이 캐스팅 확정됐대.

yeo.ju.in.gong.i.kae.seu.ting.hwak.jeong.dwaet.dae

**聽說女主角人選已經定下來了。**

解說 케스팅：選角

### 내일은 부산영화제의 개막식이야.

nae.i.leun.pu.san.yeong.hwa.je.ui.gae.mak.si.ki.ya.

**明天是釜山電影節的開幕式。**

解說 개막식：開幕式

補充 폐막식：閉幕式

## '신과 함께 ' 가 역대 박스오피스 순위 4 위에 올랐어 .

sin.gwa.ham.kke.ga.yeok.ttae.bak.seu.o.pi.seu.sun.wi.sa.wi.e.ol.la.sseo

**《與神同行》在歷代票房榜上排名第四。**

**解說** 박스오피스：票房

**補充** 관객수：觀影人數

### 가 有紀念價值的拍立得票根機

韓國 CGV 電影院在幾年前推出 Photo Ticket，在 CGV 的網站上選擇想看的電影並且訂位後，就可製作屬於自己的電影票根了。可以選擇電影的劇照或者上傳自己的照片，也可以增加文字加以編輯，完成後到了電影院去機台列印即可，票根背面會顯示你訂位的電影資訊，例如觀看日期、時間、電影名稱……等等的。對於很多人來說，美麗的列印紀念票根比一般電影票根還來得更有紀念價值，下次如果有機會不妨試試看吧！

# 6 追星

## 입덕 후 매일매일 더 행복해진다.

ip.deok.hu.mae.il.mae.il.teo.haeng.bo.kae.jin.da

**入坑之後每天都更幸福了。**

**解說** 입덕：入坑、被圈粉

**補充** 잡덕 / 겸덕：同時喜歡多個藝人的粉絲

### 가 各種粉絲單字

입덕的덕這個字是從御宅的日文演變過來的，韓文寫作오타쿠或오덕후，也就是指對某樣東西相當入迷的人。許多人將오덕후的오省略，直接變為「덕후」，並出現許多跟덕有關的詞彙。像這句的「입덕（入坑）」，就是將입（入）跟덕結合而成的單字。另外像是「탈덕（脫飯）」、「덕질（追星）」、「성덕（成功的粉絲）」，都是從「덕」延伸出來的新單字。

## 스포하지 마.

seu.po.ha.ji.ma

**不要爆雷。**

**解說** 스포：爆雷、劇透（스포일러的縮寫）

## 역시 믿듣태!

yeok.ssi.mit.deut.tae

**不愧是信聽太！**

> **가 信聽太？**
>
> 「信聽太（믿듣태）」意指因為信賴少女時代的太妍，所以她出的歌曲都會聆聽。而除了信聽太（믿듣태）之外，「因信賴而～」的用法也廣泛地應用在其他地方，例如「믿고 보는 배우（因信賴這個演員而觀看）」。

## 심장 저격.

sim.jang.jeo.gyeok

**狙擊心臟。**

影視娛樂篇

## 티저 진짜 예쁘다.

ti.jeo.jin.jja.ye.ppeu.da

**預告真的很漂亮。**

**解說** 티저：預告

## 눈 힐링 되네요.

nun.hil.ling.doe.ne.yo

**眼睛被治癒了呢。**

**解說** 힐링：治癒

## 오늘 비주얼 대박적.

o.neul.bi.ju.eol.tae.bak.jjeok

**今天的顏值太高了。**

**解說** 비주얼：顏值、外型

**補充** 비담：顏值擔當（비주얼 담당的縮寫）

## 같이 사진을 찍어도 될까요?

ka.chi.sa.ji.neul.jji.keo.do.toel.kka.yo

**可以一起拍張照嗎？**

## 콘서트 티켓팅 광탈했어.

kon.seo.teu.ti.ket.ting.kwang.ta.lae.sseo

**演唱會沒買到票。**

**解說** 티켓팅：買票

**解說** 광탈：被光速淘汰（광속 탈락的縮寫）

## 기자가 안틴가 보네.

ki.ja.ga.an.tin.ga.bo.ne

**看來記者是黑粉。**

**解說** 안티 :anti，反對、厭惡他人的人

## 저 완전 팬인데요.

ceo.wan.jeon.paen.in.de.yo

**我真的是粉絲。**

## 혹시 사인 한 장 해주실 수 있으세요?

hok.si.sa.in.han.jang.hae.ju.sil.su.i.seu.se.yo

**可以幫我簽個名嗎？**

## 난 이번 팬싸 무조건 갈 거야.

nan.i.beon.paen.ssa.mu.jo.geon.kal.kkeo.ya

**我一定要去這次的粉絲簽名會。**

**解說** 팬싸：粉絲簽名會（팬 사인회的縮寫）

### 가 粉絲界用語

追星時的專業術語非常多，除了形容各種粉絲的詞彙之外，還有關於偶像周邊、追星等等的有趣單字。像是「조공（朝貢）」，就是粉絲們送禮物給偶像的意思，反過來還有「역조공（逆朝貢）」，也就是偶像反過來買禮物給粉絲的意思。

## 내일은 드디어 취켓팅!

nae.i.leun.teu.di.eo.chwi.ket.ting

**明天終於要清票了！**

**解說** 취켓팅：「취소（取消）」跟「티켓팅（買票）」的組合，是清票的意思。

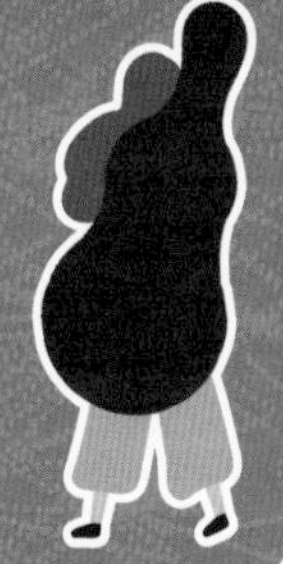

# 韓劇經典
# 名言篇

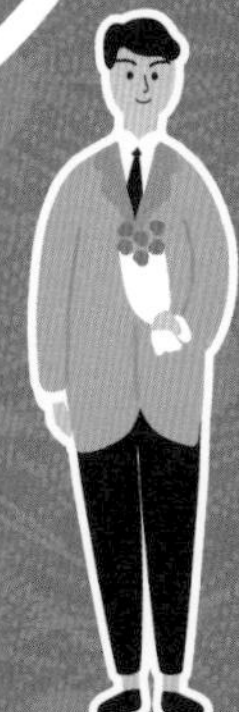

010

# 미생

《未生》

꿈을 잊었다고 꿈이 꿈이 아닌 게 되는 건 아니다.
길이 보이지 않는다고 길이 아닌 건 아니다.

kku.meul.i.jeot.tta.go.kku.mi.kku.mi.a.nin.ge.doe.neun.geon.a.ni.da
ki.leul.po.i.ji.anh.neun.da.go.ki.li.a.nin.geon.a.ni.da

忘記了夢想，不代表夢想就不再是夢想。
看不見道路，也不代表前方就沒有道路。

선택의 순간들을 모아두면 그게 삶이고 인생이 되는 거예요.

seon.tae.ke.sun.gan.deu.leul.mo.a.du.myeon.keu.ge.sal.mi.go.in.saeng.i.doe.neun.geo.ye.yo

將選擇的那些瞬間都彙集起來，那就是生活，就是人生。

## 뭔가 하고 싶다면 일단 너만 생각해.

mwon.ga.ha.go.sip.tta.myeon.il.dan.neo.man.saeng.ga.kae

想做些什麼的時候，首先考慮自己就好。

## 모두를 만족시키는 선택은 없어.

mo.du.leul.man.jok.si.ki.neun.seon.tae.keun.eob.sseo

沒有什麼選擇是能滿足所有人的。

**補充** 만족시키다：滿足

## 길은 모두에게 열려 있지만, 모두가 그 길을 가질 수 있는 것은 아니다.

ki.leun.mo.du.e.ge.yeol.lyeo.it.ji.man
mo.du.ga.keu.ki.leul.ka.jil.su.in.neun.geo.seun.a.ni.da

路為所有人而敞開，
但卻不是所有人都能走上這條路。

세상이 불공평해서 실패한 것이 아니다.
내가 열심히 안 해서 실패한 것이다.

se.sang.i.bul.gong.pyeong.hae.seo.sil.pae.han.geo.
si.a.ni.da

nae.ga.yeol.si.mi.an.hae.seo.sil.pae.han.geo.si.da

失敗不是因為這個世界不公平，
而是我不夠努力。

《三流之路》

우리는 항상 시간이 없었다.
남보다 일찍 일어나고,
남보다 늦게 자는데도 시간이 없었다.

u.li.neun.hang.sang.si.ga.ni.eob.sseot.tta

nam.bo.da.il.jjik.i.leo.na.go

nam.bo.da.neut.ge.ca.neun.de.do.si.ga.ni.eob.sseot.tta

我們總是沒有時間。
就算已經比別人早起、比別人晚睡也一樣。

뭐 다 꿈이 있어야 되냐?

나 하나쯤 꿈 없어도, 세상 잘만 돌아간다.

mwo.ta.kku.mi.i.sseo.ya.doe.nya
na.ha.na.jjeum.kkum.eob.sseo.do.se.sang.cal.man.
to.la.kan.da

一定要有夢想才行嗎？
我沒有夢想，世界還是照常運轉。

## 응답하라 1988 《請回答 1988》

어른은 그저 견디고 있을 뿐이다.

어른으로서의 일들에 바빴을 뿐이고,

나이의 무게감을 강한 척으로
버텨냈을 뿐이다.
어른들도 아프다.

eo.leu.neun.keu.jeo.kyeon.di.go.i.sseul.ppu.ni.da
eo.leu.neu.lo.seo.ui.il.deu.le.pa.ppa.sseul.ppu.ni.go

na.i.ui.mu.ge.ga.meul.kang.han.cheo.keu.lo.peo.tyeo.nae.sseul.ppu.ni.da

eo.leun.deul.do.a.peu.da

大人們只不過是在忍耐，

只是忙著做身為大人該做的事，

只是在故作堅強以承擔年齡的重擔，

大人們也會疼的。

**補充** 무게감：重量

## 살다 보면 남한테 신세도 지고 폐도 끼치고 그럴 수 있다. 남들 다 그러고 산다. 너무 혼자 끙끙 앓고 살지 마라.

sal.da.po.myeon.nam.han.te.sin.se.do.ji.go.pye.do.kki.chi.go.keu.leol.su.it.da

nam.deul.ta.keu.leo.go.san.da

neo.mu.hon.ja.kkeung.kkeung.al.ko.sal.ji.ma.la

人活著，本來就可能會欠別人人情、給別人添麻煩，

大家都是這樣活過來的。

不要都自己一個人苦在心裡。

**補充** 신세지다：受關照、欠人情。

폐끼치다：添麻煩。

프로듀사

《製作人的那些事》

넌 네가 생각하는 너 자신보다 진짜 네가 더 괜찮아.

neon.ne.ga.saeng.ga.ka.neun.neo.ja.sin.bo.da.jin.jja.ne.ga.teo.kwaen.cha.na

你真的比你自己想像中的還要更好。

누군가의 눈에 들기는 어려워도 눈 밖에 나기는 한순간이더라.

nu.gun.ga.ui.nu.ne.teul.gi.neun.eo.lyeo.wo.do.nun.pa.ke.na.gi.neun.han.sun.ga.ni.deo.la

要受到賞識很難，但被嫌棄卻只需要一瞬間。

補充 눈에 들다：看中

韓劇經典名言篇

# 청춘시대

**《青春時代》**

사람들은 쉽게 사는 걸 경멸한다.
모르겠다.
쉽게 사는 게 나쁜 걸까?
힘들게 산다고,
제대로 사는 걸까?

sa.lam.deu.leun.swip.kke.sa.neun.geol.kyeong.myeol.han.da
mo.leu.get.da
swip.ge.sa.neun.ge.na.ppeun.geol.kka
him.deul.ge.san.da.go
je.dae.lo.sa.neun.geol.kka

人們對於活得輕鬆這件事嗤之以鼻。
我不懂,
輕鬆地活著不好嗎?
一定要辛苦地活著,
才算是活得好嗎?

인생... 두 번 사는 사람이 아니라면.
뭐가 옳은지는 모르는 거다.
그것도 인생, 이것도 인생.
그저 그럴 뿐이다.

in.saeng...tu.beon.sa.neun.sa.la.mi.a.ni.la.myeon
mwo.ga.o.leun.ji.neun.mo.leu.neun.geo.da
keu.geot.do.in.saeng.i.geot.do.in.saeng
keu.jeo.keu.leol.ppu.ni.da.

人生呢……除非是活了兩次的人，
否則不會知道什麼才是正確的。
這樣也是人生，那樣也是人生，
不過是這樣而已。

내가 조금만 더 잘하면 된다는 얘긴데
문제는 내가 더 어떻게 해야 하는지
모르겠다는 거야.

nae.ga.jo.geum.man.teo.ca.la.myeon.doen.da.neun.
yae.gin.de
mun.je.neun.nae.ga.teo.eo.tteo.ke.hae.ya.ha.neun.
ji.mo.leu.get.da.neun.geo.ya

只要我再稍微做得好一點就可以了，
但問題是我不知道該怎麼做得更好。

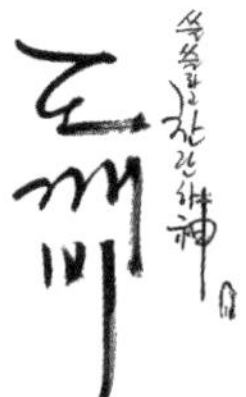

**《孤單又燦爛的神 - 鬼怪》**

## 너의 삶은 너의 선택만이 정답이다.

neo.ui.sal.meun.neo.ui.seon.taek.ma.ni.ceong.da.bi.da

你的人生，只有你的選擇才是正確答案。

# 로맨스는 별책부록 《羅曼史是別冊附錄》

봄에서 여름, 여름에서 가을, 가을에서 겨울, 누나는 계절이 언제 바뀌는지 알아?

겨울에서 봄이 되는 그 순간이 정확하게 언젠지... 누나를 언제부터 좋아하게 됐는지 난 몰라.

po.me.seo.yeo.leum.yeo.leu.me.seo.ka.eul.ka.eu.le.seo.kyeo.ul.nu.na.neun.kye.jeo.li.eon.je.pa.ggwi.neun.ji.a.la.
kyeo.ul.le.seo.bo.mi.doe.neun.keu.sun.ga.ni.ceon.hwa.ka.ge.eon.jen.ji.nu.na.leul.eon.je.bu.teo.co.a.ha.ge.dwaen.neun.ji.nan.mol.la.

從春天到夏天，夏天到秋天，秋天再到冬天，姊姊妳知道季節是何時改變的嗎？從冬天轉換為春天的那一瞬間是什麼時候呢……我不知道什麼時候開始喜歡上姊姊的。

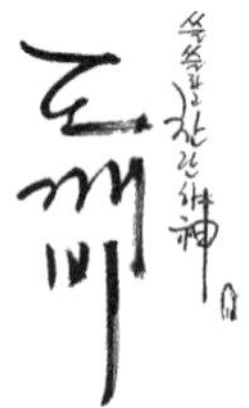


**《孤單又燦爛的神 - 鬼怪》**

너와 함께 한 시간 모두 눈부셨다
날이 좋아서
날이 좋지 않아서
날이 적당해서
모든 날이 좋았다

neo.wa.ham.kke.han.si.gan.mo.du.nun.bu.syeot.da
na.li.co.a.seo
na.li.co.chi.a.na.seo
na.li.ceok.ttang.hae.seo
mo.deun.na.li.co.at.da

跟你在一起的每個瞬間都很耀眼，
因為天氣好，
因為天氣不好，
因為天氣剛剛好，
每一天都很美好。

떨어지는 단풍잎을 잡으면
같이 걷던 사람이랑 사랑이
이뤄진다는 말이에요.

tteo.leo.ji.neun.dan.pung.i.peul.ca.beu.myeon.
ka.chi.keot.tteon.sa.la.mi.lang.sa.lang.i.i.lwo.jin.
da.neun.ma.li.e.yo

如果抓住落下的楓葉，
與同行的人的愛情終將實現。

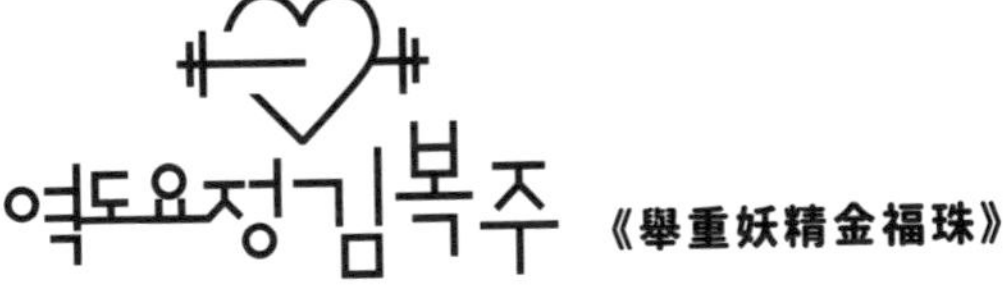


**《舉重妖精金福珠》**

짝사랑의 장점 중의 하나는
이별을 내가 결정할 수 있다는 거다.

jjak.sa.lang.ui.cang.jeom.jung.ui.ha.na.neun
i.byeo.leul.nae.ga.kyeol.jeong.hal.su.it.da.neun.geo.da

單戀的好處之一，
就是由我來決定這段戀情什麼時候結束。

별에서 온 그대

《來自星星的你》

같이 늙어가고 싶습니다.

ka.chi.neul.keo.ka.go.sip.sseum.ni.da.

我想跟你一起慢慢變老。

괜찮아 사랑이야

《沒關係，是愛情啊》

이 세상에서 가장 섹시한 관계가
바로 남녀 간의 우정이다.

i.se.sang.e.seo.ka.jang.sek.ssi.han.kwan.gye.ga.
pa.lo.nam.nyeo.gan.ui.u.jeong.i.da

這世界上最性感的關係，
就是男女之間的友情。

고통과 원망과 아픔과
슬픔과 절망과 불행도 주겠지.
그리고 그것들을 이겨낼
힘도 더불어 주겠지.
그 정도는 돼야 사랑이지.

go.tong.gwa.won.mang.gwa.a.peum.gwa.seul.peum.
gwa.ceol.mang.gwa.pu.laeng.do.ju.get.ji
keu.li.go.keu.geot.deu.leul.i.gyeo.nael.him.do.teo.
bu.leo.ju.get.ji
keu.ceong.do.neun.twae.ya.sa.lang.i.ji

除了帶來煎熬、埋怨、痛苦、傷心、絕望還有不幸，
同時也會賦予你戰勝這些的力量。
這種程度才算是愛情。

사랑은 상대를 위해
뭔가 포기하는 게 아니라
뭔가 해내는 거야.

sa.lang.eun.sang.dae.leul.wi.hae.
mwon.ga.po.gi.ha.neun.ge.a.ni.la.
mwon.ga.hae.nae.neun.geo.ya

愛不是為了對方而放棄什麼，
而是去克服什麼。

## 주군의태양

《主君的太陽》

### 넌 이제 내가 꼬시면 넘어오면 돼.

neon.i.je.nae.ga.kko.si.myeon.neo.meo.o.myeon.twae

我勾引你的時候，你乖乖上鉤就好。

**補充** 꼬시다：勾引

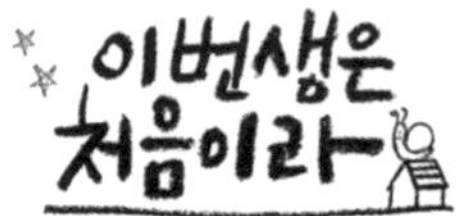


《今生是第一次》

### 결혼은 남녀 관계의 무덤이야.

kyeo.lo.neun.nam.nyeo.kwan.gye.ui.mu.deo.mi.ya

結婚是男女關係的墳墓。

**補充** 무덤：墳墓

《需要浪漫 3》

처음 연애가 끝났을 때는
하늘이 무너지는 줄 알았다.

cheo.eum.yeo.nae.ga.kkeun.na.sseul.ttae.neun.ha.neu.li.mu.neo.ji.neun.jul.a.lat.da

初戀結束的時候，我還以為天要塌了。

補充 무너지다：倒塌

품위있는 그녀

《有品位的她》

전 제 가치를 지키고 싶습니다.
저 그 남자랑 살기 너무 아까워요.

ceon.ce.ka.chi.leul.ji.ki.go.sip.sseum.ni.da
ceo.keu.nam.ja.lang.sal.gi.neo.mu.a.kka.wo.yo

我想守住我自己的價值，
這個男人不配跟我一起生活了。

韓劇經典名言篇

《步步驚心：麗》

넌 내 사람이야.

넌 내 것이야.

내 꺼다.

내 허락 없인 날 떠나지도

죽어서도 안 되는 완전한 내 사람.

neon.nae.sa.la.mi.ya

neon.nae.geo.si.ya

nae.kkeo.da

nae.heo.lak.eob.sin.nal.tteo.na.ji.do.cu.keo.seo.do.an.doe.neun.wan.jeon.han.nae.sa.lam

因為你是我的人，

你是我的，

是我的。

沒有我的允許，不准離開我，

也不准你死，你是完全屬於我的。

《三流之路》

나는 예쁜 척 하는 게 아니라
그냥 예쁘게 태어난 건데.

na.neun.ye.ppeun.cheok.ha.neun.ge.a.ni.la.
keu.nyang.ye.ppeu.ge.tae.eo.nan.geon.de

我不是裝漂亮，我是天生就漂亮。

《今生是第一次》

때론 가족이 세상에서
가장 먼 사람들일 때도 있다.

ttae.lon.ka.jo.ki.se.sang.e.seo.ka.jang.meon.sa.lam.
deu.lil.ttae.do.it.da

有時候家人會是世界上離自己最遙遠的人。

# 청춘시대

《青春時代》

소리를 내어 울고 싶을 때가 있다.
누군가 내 울음소리를
들어줬으면 싶을 때가 있다.
듣고서 괜찮다라고 말해줬으면 좋겠다.
내 잘못이 아니라고 토닥여줬으면
좋겠다.

so.li.leul.nae.eo.ul.go.si.peul.ttae.ga.it.da

nu.gun.ga.nae.u.leum.so.li.leul.teu.leo.jwo.sseu.myeon.si.peul.ttae.ga.it.da

deut.go.seo.kwaen.chan.ta.la.go.ma.lae.jwo.sseu.myeon.coh.ket.da

nae.cal.mo.si.a.ni.la.go.to.da.kyeo.jow.sseu.myeon.coh.ket.da



有時會想放聲大哭，
如果有人能夠聽見我的哭聲就好了。
如果有人聽到之後，可以安慰我就好了。
如果有人能夠跟我說這不是你的錯，
輕拍著我就好了。

**補充** 토닥이다：輕拍

# SKY캐슬 《天空之城》

절대 너 자신을 믿지 마,
의심하고 또 의심해.

ceol.dae.neo.ca.si.neul.mit.ji.ma.
ui.sim.ha.go.tto.ui.sim.hae

絕對不要相信自己，要再三懷疑。

전적으로 저를 믿으셔야합니다.

ceon.jeo.geu.lo.ceo.leul.mi.deu.syeo.ya.ham.ni.da

您必須完全信任我。

哇!原來這句韓語這樣說　隨身攜帶版/
王韻亭 著
-- 初版. -- 臺北市:笛藤, 2020.8
面；　公分
隨身攜帶版
ISBN 978-957-710-793-0(平裝)
1.韓語 2.副詞

803.264　　109011564

2020年8月28日　初版第1刷　定價260元

| | |
|---|---|
| 作者 | 王韻亭 |
| 總編輯 | 賴巧淩 |
| 編輯 | 江品萱 |
| 編輯協力 | 葉雯婷、王舒玗、金京柱、龔苡瑄、陳怡臻 |
| 美術設計 | 王舒玗 |
| 編輯企劃 | 笛藤出版 |
| 發行所 | 八方出版股份有限公司 |
| 發行人 | 林建仲 |
| 地址 | 台北市中山區長安東路二段171號3樓3室 |
| 電話 | (02) 2777-3682 |
| 傳真 | (02) 2777-3672 |
| 總經銷 | 聯合發行股份有限公司 |
| 地址 | 新北市新店區寶橋路235巷6弄6號2樓 |
| 電話 | (02)2917-8022·(02)2917-8042 |
| 製版廠 | 造極彩色印刷製版股份有限公司 |
| 地址 | 新北市中和區中山路二段380巷7號1樓 |
| 電話 | (02)2240-0333·(02)2248-3904 |
| 印刷廠 | 皇甫彩藝印刷股份有限公司 |
| 地址 | 新北市中和區中正路988巷10號 |
| 電話 | (02) 3234-5871 |
| 郵撥帳戶 | 八方出版股份有限公司 |
| 郵撥帳號 | 19809050 |